# Dr. Negro
## e outras histórias de terror

LIVROS DO AUTOR NA COLEÇÃO **L&PM** POCKET:

*Aventuras inéditas de Sherlock Holmes*
*O cão dos Baskerville*
*A ciclista solitária e outras histórias*
*Dr. Negro e outras histórias de terror*
*Um escândalo na Boêmia e outras histórias*
*Um estudo em vermelho*
*A juba do leão e outras histórias*
*As melhores histórias de Sherlock Holmes*
*Memórias de Sherlock Holmes*
*A nova catacumba e outras histórias*
*Os seis bustos de Napoleão e outras histórias*
*O signo dos quatro*
*O solteirão nobre e outras histórias*
*O último adeus de Sherlock Holmes*
*O Vale do Terror*
*O vampiro de Sussex e outras histórias*

*Sir* Arthur Conan Doyle

# Dr. Negro

## e outras histórias de terror

*Tradução de* João Guilherme B. Lincke

www.lpm.com.br
L&PM POCKET

Coleção **L&PM** POCKET, vol. 252

Título original: *The Black Doctor and Other Tales of Terror and Mystery*

Primeira edição na Coleção **L&PM** POCKET: 2001
Segunda edição na Coleção **L&PM** POCKET **PLUS**: fevereiro de 2008
Esta reimpressão: junho de 2010

*Capa*: Projeto gráfico de Néktar Design
*Ilustração da capa*: acervo da L&PM Editores
*Tradução*: João Guilherme B. Lincke (Tradução adquirida conforme acordo com a Livraria Francisco Alves Editora S/A)
*Revisão*: Luciana Balbueno e Jó Saldanha

ISBN 978-85-254-1117-4

---

D754d Doyle, Arthur Conan, *Sir*, 1859-1930.
Dr. Negro e outras histórias de terror / Arthur Conan Doyle; tradução de João Guilherme B. Lincke. – 2 ed. – Porto Alegre: L&PM, 2010.
128 p. ; 18 cm – (Coleção L&PM POCKET)

1. Ficção inglesa policial. I. Título. II. Série.

CDD 823.872
CDU 820-312.4

---

Catalogação elaborada por Izabel A. Merlo, CRB 10/329.


Rua Comendador Coruja, 314, loja 9 – Floresta – 90.220-180
Porto Alegre – RS – Brasil / Fone: 51.3225.5777 – Fax: 51.3221-5380

Pedidos & Depto. Comercial: vendas@lpm.com.br
Fale conosco: info@lpm.com.br
www.lpm.com.br

Impresso no Brasil
Outono de 2010

# *Sir* Arthur Conan Doyle

## (1859-1930)

*Sir* Arthur Conan Doyle nasceu em Edimburgo, na Escócia, em 1859. Formou-se em Medicina pela Universidade de Edimburgo em 1885, quando montou um consultório e começou a escrever histórias de detetive. *Um estudo em vermelho*, publicado em 1887 pela revista *Beeton's Christmas Annual*, introduziu ao público aqueles que se tornariam os mais conhecidos personagens de histórias de detetive da literatura universal: Sherlock Holmes e dr. Watson. Com eles, Conan Doyle imortalizou o método de dedução utilizado nas investigações e o ambiente da Inglaterra vitoriana. Seguiram-se outros três romances com os personagens, além de inúmeras histórias, publicadas nas revistas *Strand*, *Collier's* e *Liberty* e posteriormente reunidas em cinco livros. Outros trabalhos de Conan Doyle foram freqüentemente obscurecidos por sua criação mais famosa, e, em dezembro de 1893, ele matou Holmes (junto com o vilão professor Moriarty), tendo a Áustria como cenário, no conto "O problema final" (*Memórias de Sherlock Holmes*). Holmes ressuscitou no romance *O cão dos Baskerville*, publicado entre 1902 e 1903, e no conto "A casa vazia" (*A ciclista solitária*), de 1903, quando Conan Doyle sucumbiu à pressão do público e revelou que o detetive conseguira burlar a morte. Conan Doyle foi nomeado cavaleiro em 1902 pelo apoio à política britânica na guerra da África do Sul. Morreu em 1930.

# SUMÁRIO


| | |
|---|---|
| O caçador de besouros | 9 |
| O homem dos relógios | 29 |
| A caixa de charão | 49 |
| Doutor Negro | 64 |
| A relíquia judaica | 85 |
| A sala do pavor | 109 |

# O CAÇADOR DE BESOUROS

"Uma experiência curiosa?", disse o Doutor. Sim, meus amigos, eu tive uma experiência muito curiosa. E não espero jamais ter outra igual, pois é contra toda a teoria das probabilidades que dois acontecimentos dessa espécie possam suceder a um mesmo homem numa única existência. Acreditem ou não, a coisa aconteceu exatamente como lhes vou contar.

Eu acabara de formar-me em medicina, mas não começara a exercer a profissão, e morava numa casa de pensão na Gower Street. Posteriormente a numeração da rua foi mudada, mas a casa é a única que tem uma janela arcada, à esquerda de quem sai da Metropolitan Station. Nesse tempo, a dona da pensão era uma viúva chamada Murchison, e os hóspedes eram três estudantes de medicina e um engenheiro. Eu ocupava o quarto de cima, que era o mais barato; mas por barato que fosse, estava ainda acima das minhas posses. Meus parcos recursos estavam se esgotando, e a cada semana que passava mais necessidade eu tinha de arranjar ocupação. Não estava, porém, disposto a clinicar, já que as minhas preferências eram todas no sentido da ciência, especialmente a zoologia, para a qual sentira sempre uma forte inclinação. Já tinha quase abandonado a luta e me resignado a mourejar na medicina pelo resto da existência, quando uma reviravolta ocorreu de modo absolutamente inesperado.

Certa manhã eu apanhei o *Standard* e me pus a folheá-lo. Não havia nenhuma notícia de interesse, e eu estava prestes a pôr de lado o jornal quando dei com os olhos num anúncio no alto da coluna de "Diversos". Era redigido nestes termos:

"Precisa-se, por um dia ou mais, dos serviços de um médico. É essencial que seja um homem de físico robusto, nervos firmes e caráter resoluto. Tem de ser entomologista – de preferência especializado em coleópteros. Apresentar-se pessoalmente à Brook Street, 77B, até o meio-dia de hoje."

Como já disse, minha paixão era a zoologia. De todos os ramos da zoologia, o estudo dos insetos era o que mais me atraía, e de todos os insetos os besouros eram as espécies que me eram mais familiares. Colecionadores de borboletas existem em maior número, mas os besouros são muito mais variados e mais fáceis de encontrar nestas ilhas do que as borboletas. Este fato fora o que movera a minha atenção para eles, e eu formara uma coleção que incluía algumas centenas de variedades. Quanto aos demais requisitos do anúncio, eu sabia que podia confiar em meus nervos, e ganhara uma prova de lançamento de peso num torneio inter-hospitalar. Sem dúvida era o homem para a vaga. Cinco minutos depois de ter lido o anúncio, estava eu num carro de praça a caminho da Brook Street.

Entrementes, eu dava tratos à bola tentando imaginar que espécie de emprego seria aquele, que demandava tão insólitas qualificações. Físico robusto, caráter resoluto, formação médica, conhecimento de besouros – que conexão podia haver entre esses vários requisitos? Depois, havia o fato desanimador de que a colocação não era permanente mas sim por curtíssimo prazo, conforme os termos do anúncio. Quanto mais eu ponderava sobre a coisa, mais incompreensível ela se tornava, mas, ao final das minhas reflexões, eu voltava sempre ao fato basilar de que, de um modo ou de outro, eu nada tinha a perder, de que estava totalmente no fim do meu pecúlio, e de que me achava disposto a qualquer aventura, por temerária que fosse, que me pusesse na algibeira algumas libras honestas. O homem teme o fracasso quando corre o risco de pagar por ele, mas no caso não havia pena que a Fortuna pudesse cobrar-me. Eu era como um jogador de bolsos vazios, a quem ainda se permite arriscar a sorte com os outros.

O número 77B da Brook Street era um desses prédios encardidos porém imponentes, pardacento e sem ornatos, com o ar intensamente sólido e respeitável que caracteriza o construtor georgiano. Quando eu descia do carro, um homem jovem saiu pela porta e afastou-se apressadamente pela rua. Ao passar por mim, notei que me lançou uma olhadela inquisitiva e um tanto malévola, e tomei o incidente como um bom presságio, pois seu aspecto era o de um candidato rejeitado e, se minha pretensão lhe causava despeito, isso denotava que o lugar não fora ainda preenchido. Cheio de esperança, subi os largos degraus e bati com a pesada aldrava.

Um lacaio de libré e pó-de-arroz abriu a porta. Era claro que eu estava em contacto com gente de fortuna e posição.

– Pois não, senhor – disse o criado.

– Foi daqui que...?

– Perfeitamente, senhor – disse o criado. – *Lord* Linchmere vai recebê-lo em seguida na biblioteca.

*Lord* Linchmere! Eu já ouvira o nome, mas de momento não me lembrava de nada a respeito dele. Acompanhando o lacaio, fui introduzido numa sala grande, forrada de livros, na qual, por trás de uma escrivaninha, estava sentado um homenzinho de rosto prazenteiro, vivaz e escanhoado e longos cabelos pretos matizados de gris, penteados para trás. Olhou-me de alto a baixo com um olhar arguto e penetrante, segurando na mão direita o cartão que o criado lhe entregara. Depois sorriu afavelmente, e eu senti que externamente pelo menos possuía as habilitações que ele procurava.

– O senhor veio pelo meu anúncio, dr. Hamilton? – perguntou ele.

– Sim, senhor.

– O senhor preenche as condições estipuladas?

– Creio que sim.

– O senhor é um homem vigoroso, pelo menos a julgar pela aparência.

– Acho que sou bastante forte.

– E decidido?

– Creio que sim.

– Já lhe aconteceu ver-se exposto a um perigo iminente?

– Não, nunca, que me lembre.

– Mas acha que teria presença de espírito e sangue-frio em tal situação?

– Espero que sim.

– Bem, acredito que teria. O senhor me inspira tanto mais confiança quanto não pretende ter certeza do que faria numa situação que fosse nova para o senhor. Minha impressão é que, no que toca a qualidades pessoais, o senhor é exatamente o homem que procuro. Visto isto, podemos passar ao ponto seguinte.

– Qual seja?

– Fale-me de besouros.

Encarei-o para ver se estaria gracejando, mas, ao contrário, ele se inclinava avidamente para a frente sobre a mesa, e havia em seu olhar uma expressão de quase ansiedade.

– Não me diga que não entende de besouros! – exclamou.

– Pelo contrário, senhor, é precisamente o campo da ciência de que eu acho que sei realmente alguma coisa.

– Fico encantado em ouvi-lo. Por favor, fale-me de besouros.

Falei. Não afirmo ter dito nada de original sobre o assunto, mas dei um rápido esboço das características do besouro, e discorri sobre as espécies mais comuns, com algumas referências aos espécimes da minha pequena coleção e ao artigo sobre os "Besouros Coveiros" que escrevera para a *Revista de Ciência Entomológica.*

– O quê? Um colecionador? – exclamou *Lord* Linchmere. – Não me diga que é também colecionador! – Seus olhos dançavam de prazer ao pensamento. – Não há dúvida de que, em toda Londres, o senhor é exatamente o homem que eu procuro. Eu supunha que em cinco milhões de pessoas deveria haver esse homem, mas o problema era deitar a mão nele. Foi uma sorte estupenda encontrá-lo.

Ele fez soar um gongo sobre a mesa, e o lacaio entrou.

– Peça a *Lady* Rossiter que tenha a bondade de vir até aqui – disse Sua Excelência, e alguns minutos mais tarde a dama era introduzida na sala. Era uma mulher pequena, de meia-idade, muito parecida com *Lord* Linchmere, com as mesmas feições vigilantes; e animadas e os mesmos cabelos negros mesclados de grisalho. Contudo, aquela expressão de ansiedade que eu observara no semblante dele era muito mais pronunciado no dela. Algum grande desgosto parecia ter lançado uma sombra sobre os seus traços. Quando *Lord* Linchmere me apresentou, ela levantou o rosto em cheio para mim, e eu vi com surpresa um talho mal cicatrizado de umas duas polegadas de extensão acima do seu supercílio esquerdo. Estava parcialmente oculto por um emplastro, mas mesmo assim dava para ver que fora um ferimento sério e bem recente.

– O dr. Hamilton é exatamente o homem que nos serve, Evelyn – disse *Lord* Linchmere. – Imagine que ele coleciona besouros, e já escreveu artigos sobre o assunto.

– É mesmo? – disse *Lady* Rossiter. – Nesse caso, deve ter ouvido falar em meu marido. Qualquer pessoa que entenda de besouros não pode deixar de ter ouvido falar em *Sir* Thomas Rossiter.

Pela primeira vez havia um tênue raio de luz sobre o mistério. Finalmente havia um elo entre aquela gente e os besouros. *Sir* Thomas Rossiter era a maior autoridade do mundo sobre o assunto. Dedicara toda a sua vida ao estudo deles e escrevera a respeito uma obra exaustiva. Apressei-me a declarar-lhe que eu a lera e apreciara.

– Conhece pessoalmente o meu marido? – perguntou ela.

– Não, senhora.

– Mas vai conhecer – disse *Lord* Linchmere, com firmeza.

Ela estava de pé junto à mesa e ele pousou-lhe a mão no ombro. Vendo-lhes os rostos juntos, tive a certeza de que eram irmãos.

– Você está mesmo preparado para isso, Charles? É nobre da sua parte, mas você me deixa muito preocupada.

A voz dela estava trêmula de apreensão, e ele me pareceu igualmente agitado, embora fazendo um grande esforço para esconder a emoção.

– Sim, sim, minha cara, está tudo arranjado, tudo decidido; na verdade não existe, creio, outra saída.

– Existe uma saída óbvia.

– Não, não, Evelyn, eu nunca a abandonarei – nunca. Tudo acabará bem – pode estar certa; tudo acabará bem, e sem dúvida parece ser a intervenção da Providência que nos coloca nas mãos um instrumento tão perfeito.

Eu estava numa posição embaraçosa, pois sentia que àquela altura a minha presença fora esquecida. Mas de súbito *Lord* Linchmere retornou a mim e aos meus serviços.

– O que eu desejo do senhor, dr. Hamilton, é que o senhor se coloque inteiramente ao meu dispor. Quero que me acompanhe numa pequena viagem, que esteja sempre ao meu lado, e que me prometa fazer sem discutir tudo o que eu lhe peça, por absurdo que lhe possa parecer.

– É uma proposta um tanto avançada – disse eu.

– Lamento não poder esclarecê-lo melhor, pois eu mesmo ainda não sei o rumo que as coisas vão tomar. Pode estar certo, no entanto, que não lhe será pedido nada que a sua consciência desaprove; eu lhe prometo que, quando estiver tudo acabado, o senhor há de orgulhar-se de ter participado numa boa obra.

– Se acabar bem – disse a dama.

– Certo; se acabar bem – repetiu o lorde.

– E as condições? – perguntei.

– Vinte libras por dia.

A soma me pasmou, e eu devo ter mostrado o meu espanto na fisionomia.

– É uma rara combinação de qualidades, como o senhor sem dúvida notou ao ler o anúncio – disse *Lord* Linchmere. – Dotes tão vários fazem certamente jus a uma alta remuneração, e eu não lhe esconderei que os seus deveres poderão ser árduos e até mesmo perigosos. Ademais, é possível que em um ou dois dias o negócio esteja liquidado.

– Deus queira! – suspirou a irmã.

– E então, dr. Hamilton, posso contar com a sua colaboração?

– Absolutamente – disse eu. – Basta que me diga quais são as minhas obrigações.

– Sua primeira obrigação será voltar para casa. Ponha numa mala o que lhe for necessário para uma pequena jornada no campo. Partiremos juntos da Estação de Paddington às 3h40min esta tarde.

– Iremos longe?

– Até Pangbourne. Encontre-me junto à banca de livros às 3h30min. Eu estarei com as passagens. Adeus, dr.

Hamilton! E, a propósito, há duas coisas que eu gostaria que o senhor levasse consigo, caso as tenha. Uma é o seu estojo para colecionar besouros, e a outra é uma bengala, quanto mais grossa e pesada melhor.

É fácil imaginar que eu tive um bocado em que pensar da hora em que deixei a Brook Street até que saí de casa para encontrar *Lord* Linchmere em Paddington. Todo aquele fantástico negócio incessantemente se arranjava e rearranjava em formas caleidoscópicas dentro do meu cérebro, até que eu imaginara uma dúzia de explicações, cada qual mais grotescamente improvável que a outra. E todavia eu sentia que a própria verdade haveria de ser algo grotescamente improvável. Por fim renunciei a toda tentativa de achar uma solução, e contentei-me em seguir à risca as instruções recebidas. Com uma valise de mão, uma caixa de espécimes e uma bengala reforçada, estava à espera junto à banca de livros de Paddington quando *Lord* Linchmere chegou. Ele era ainda menor do que me parecera – franzino e macilento, com modos ainda mais nervosos do que fora de manhã. Vestia uma longa e grossa manta de viagem, e notei que trazia na mão um grosso porrete de abrunheiro.

– Já tenho as passagens – disse ele, precedendo-me em direção à plataforma. – Esse é o nosso trem. Eu reservei um compartimento, pois estou extremamente ansioso para pô-lo a par de algumas coisas no decorrer da viagem.

No entanto, o que ele tinha a dizer-me poderia ter sido dito numa única sentença, pois resumia-se em que eu deveria ter presente que estava ali como uma proteção para ele, e, sob pretexto algum, não deveria deixá-lo um só instante. Isto ele repetiu vezes sem conta enquanto a nossa viagem se aproximava do seu termo, com uma insistência que mostrava estarem os seus nervos completamente abalados.

– Sim – disse por fim, em resposta mais aos meus olhares do que às minhas palavras –, eu *estou* nervoso, dr.

Hamilton. Sempre fui um homem tímido, e minha timidez provém da minha saúde precária. Mas meu ânimo é firme, e eu sou capaz de obrigar-me a fazer face a um perigo a que alguém menos nervoso talvez se esquivasse. O que estou fazendo agora não deriva de nenhuma compulsão, mas tão-somente de um sentimento de dever, ainda que envolvendo, fora de qualquer dúvida, um risco atroz. Se as coisas saírem mal, poderei de certa forma fazer jus ao título de mártir.

Aquela interminável sucessão de enigmas estava-me cansando. Achei que me cumpria pôr-lhe um termo.

– Creio que seria bem melhor, senhor, se confiasse inteiramente em mim – disse ele. – É impossível para mim agir eficazmente, se nada sei dos fins que perseguimos, ou sequer aonde estamos indo.

– Oh! quanto aonde estamos indo, não há mistério algum. Estamos indo a Delamere Court, a residência de *Sir* Thomas Rossiter, cuja obra lhe é tão familiar. Quanto ao exato objeto da nossa visita, não creio, dr. Hamilton, que a esta altura dos acontecimentos houvesse algo a ganhar entrando em maiores pormenores. Posso dizer-lhe que estamos agindo – digo "estamos" porque minha irmã, *Lady* Rossiter, partilha do meu parecer – no intuito de obviar algo que se poderia chamar um escândalo de família. Assim sendo, o senhor compreenderá a minha relutância em avançar quaisquer explicações que não sejam absolutamente necessárias. Outro seria o caso, dr. Hamilton, se eu desejasse recorrer ao seu conselho. Da maneira como são as coisas, tudo que preciso é a sua colaboração ativa, e de tempos em tempos eu lhe indicarei a melhor maneira de prestá-la.

Nada mais havia a dizer, e um homem desprovido de pecúnia pode resignar-se a engolir sapos por vinte libras ao dia, mas, de qualquer modo, eu sentia que *Lord* Linchmere estava agindo um tanto indignamente em relação a mim. Queria converter-me num instrumento passivo, como o porrete que trazia na mão. Por outro lado, eu podia imaginar que, com a sua índole sensível, a idéia de um escândalo lhe causava horror, e compreendi que ele não me faria nenhuma confidência a menos que não lhe restasse alternativa. Eu teria de contar com meus próprios olhos e ouvidos para solver o mistério, e sentia-me seguro de que a confiança que depositava neles não seria em vão.

Delamere Court fica a umas boas cinco milhas da estação de Pangbourne, e nós cobrimos o trajeto numa tipóia aberta. Durante esse tempo, *Lord* Linchmere manteve-se imerso em pensamentos e não abriu a boca senão quando já estávamos próximos do nosso destino. Quando o fez foi para informar-me de uma coisa que me surpreendeu.

– Talvez o senhor não saiba – disse ele – que eu sou médico como o senhor.

– Não, senhor, não sabia.

– Pois sou. Formei-me jovem, quando havia ainda várias vidas entre mim e o pariato. Não tive ocasião de clinicar, mas mesmo assim foi uma educação que me serviu bastante. Nunca lamentei os anos que dediquei aos estudos médicos. Esse é o portão de Delamere Court.

Tínhamos chegado a dois altos pilares coroados por monstros heráldicos, que flanqueavam a entrada de uma aléia sinuosa. Por sobre moitas de loureiros e rododendros, avistei uma longa construção de múltiplas empenas, cintada de hera e matizada nos tons ricos, cálidos e acolhedores da alvenaria antiga. Eu tinha os olhos ainda fixos na contemplação da aprazível vivenda quando o meu companheiro me puxou nervosamente a manga.

– Ali está *Sir* Thomas – cochichou. – Por favor, fale de besouros o tanto que puder.

Uma figura alta, magra, estranhamente ossuda e angulosa, emergira por uma abertura na sebe de loureiros.

Segurava um escardilho e calçava luvas de jardinagem de grandes punhos. Um chapéu cinzento de abas largas punha-lhe sombras no rosto, mas este pareceu-me extraordinariamente austero, com uma barba maltratada e feições duras e irregulares. A tipóia fez alto e *Lord* Linchmere saltou.

– Meu caro Thomas, como tem passado? – disse cordialmente.

Mas a cordialidade não foi de modo algum correspondida. O senhor da herdade fuzilou-me um olhar por sobre o ombro do cunhado, e eu apanhei alguns pedaços soltos de frases – "sabe muito bem... detesto estranhos... intromissão injustificável... totalmente indesculpável". Seguiu-se uma explicação em voz baixa, e os dois vieram juntos para o lado da tipóia.

– Permita-me que o apresente a *Sir* Thomas Rossiter, dr. Hamilton – disse *Lord* Linchmere. – Os senhores verão que têm uma acentuada afinidade de gostos.

Fiz uma inclinação. *Sir* Thomas permaneceu muito ereto, olhando-me severamente por sob a larga aba do chapéu.

– *Lord* Linchmere acaba de dizer-me que o senhor entende de besouros – disse ele. – O que é que sabe de besouros?

– Sei o que aprendi na sua obra sobre os coleópteros, *Sir* Thomas – respondi.

– Dê-me os nomes das principais espécies de escaravelhos ingleses – disse-me ele.

Eu não contara com uma arguição, mas por sorte estava preparado. Minhas respostas pareceram agradar-lhe, pois seus traços severos se abrandaram.

– Aparentemente o senhor tirou algum proveito da leitura do meu livro – disse ele. – É uma coisa rara para mim encontrar alguém que mostre um interesse inteligente em tais matérias. As pessoas acham tempo para trivialidades como esportes e vida social, esquecem os besouros. Posso garantir-lhe que a maior parte dos cretinos desta parte do país não faz a menor idéia de que eu tenha escrito um livro – eu, o primeiro a descrever a verdadeira função dos élitros. É um prazer conhecê-lo, senhor, e estou certo de poder mostrar-lhe alguns espécimes que hão de interessá-lo.

Subiu à tipóia e dirigiu-se conosco para a casa, expondo-me no caminho certas pesquisas recentes que fizera sobre a anatomia da joaninha.

Eu disse que *Sir* Thomas Rossiter usava um grande chapéu enterrado sobre os olhos. Ao entrar no vestíbulo ele descobriu-se, e de pronto eu me dei conta de um cacoete singular que o chapéu escondera. Sua testa, naturalmente alta e ainda mais alta em virtude de uma calva incipiente, mostrava-se em estado de contínuo movimento. Alguma disfunção nervosa mantinha os músculos em constante espasmo, que às vezes produzia uma mera crispação e às vezes um curioso movimento rotativo diferente de tudo que eu já vira antes. Aquilo era distintamente visível quando após entrar no gabinete, ele voltou-se para nós, e parecia tanto mais estranho em virtude do contraste com os olhos cinzentos, firmes e duros que dardejavam sob aqueles supercílios palpitantes.

– Lamento – disse ele – que *Lady* Rossiter não esteja aqui para ajudar-me a fazer-lhes as honras da casa. A propósito, Charles, Evelyn disse alguma coisa sobre quando vai voltar?

– Ela quis ficar mais alguns dias na cidade – disse *Lord* Linchmere. – Você sabe como os deveres sociais de uma senhora se acumulam depois de uma temporada no campo. Minha irmã tem em Londres um grande número de velhos amigos.

– Bem, ela é dona de sua vida, e não me agradaria interferir em seus planos, mas ficarei contente em vê-la de volta. A casa é muito solitária sem ela.

– Imaginei que estaria se sentindo sozinho, e esta foi em parte a razão da minha vinda. Meu jovem amigo dr. Hamilton interessa-se tanto pelo assunto a que você se devotou que imaginei poderia agradar-lhe trazendo-o comigo.

– Eu levo uma vida retirada, dr. Hamilton, e a minha aversão a estranhos vem crescendo dentro de mim – disse o nosso hospedeiro. – Às vezes sou levado a pensar que meus nervos já não são os mesmos. As viagens que fiz à caça de besouros quando era mais moço levaram-me a lugares paludosos e malsãos. Mas um confrade coleopterólogo como o senhor é sempre um hóspede bem-vindo, e eu terei o máximo prazer em mostrar-lhe a minha coleção, que creio poder considerar sem exagero como a melhor da Europa.

E realmente o era. Ele tinha um enorme arquivo de carvalho composto de gavetas rasas, e ali, caprichosamente etiquetados e classificados, viam-se besouros dos quatro cantos da terra, pretos, pardos, verdes, azuis, mosqueados. A todo instante, percorrendo com a mão as filas e mais filas de insetos empalados, ele apanhava algum espécime raro, e, manipulando-o com delicada reverência como se fosse uma relíquia preciosa, estendia-se sobre as suas peculiaridades e sobre as circunstâncias em que entrara na sua possessão. Evidentemente era para ele uma coisa inusitada contar com um ouvinte interessado, e ele falou pelos cotovelos até que a tarde vernal escureceu e transformou-se em noite, e o gongo anunciou que era hora de vestir-se para o jantar. Durante todo esse tempo *Lord* Linchmere não disse nada, mas se manteve ao lado do cunhado, e a todo instante eu o surpreendia a lançar-lhe ao rosto olhares escrutadores. E a sua própria expressão espelhava alguma forte emoção – temor, simpatia, expectativa: parecia-me lê-las todas. Eu estava certo de que *Lord* Linchmere receava alguma coisa e aguardava alguma coisa. O que seria essa coisa eu não podia atinar.

O serão transcorreu calma e agradavelmente, e eu me teria sentido inteiramente à vontade, não fosse a consciência daquele contínuo estado de tensão da parte de *Lord* Linchmere. Quanto ao nosso anfitrião, descobri que o convívio o melhorava. Constantemente se referia com carinho à esposa ausente, assim como ao filhinho, que havia pouco fora mandado para a escola. A casa, dizia, não era a mesma sem eles. Não fossem os seus estudos científicos, ele não saberia o que fazer dos seus dias. Depois do jantar fumamos algum tempo na sala de bilhar e finalmente fomos cedo para a cama.

E foi então que, pela primeira vez, a suspeita de que *Lord* Linchmere fosse um lunático me passou pela cabeça. Ele seguiu-me ao meu quarto, quando o nosso anfitrião se recolhera.

– Doutor – disse em voz baixa e apressada –, o senhor deve vir comigo. Deve passar a noite em meu quarto.

– O que quer dizer?

– Prefiro não explicar. Mas é parte das suas funções. Meu quarto é próximo deste, e o senhor poderá voltar antes que o criado venha chamá-lo de manhã.

– Mas por quê? – perguntei.

– Porque eu fico nervoso sozinho – disse ele. – Esta a razão, já que o senhor precisa de uma razão.

Parecia loucura rematada, mas o argumento daquelas vinte libras vencia muitas objeções. Acompanhei-o ao seu quarto.

– Mas – disse eu –, só há lugar para um nessa cama.

– Só um vai ocupá-la – disse ele.

– E o outro?

– Ficará de guarda.

– Por quê? – perguntei. – Dir-se-ia que o senhor espera um ataque.

– Talvez.

– Nesse caso, por que não trancar a porta?

– Talvez eu *queira* ser atacado.

Cada vez mais parecia loucura. Mas não me restava senão obedecer. Encolhi os ombros e sentei-me na poltrona junto à lareira vazia.

– Então serei eu a montar guarda? – disse eu, resignado.

– Dividiremos a noite. Se o senhor vigiar até as duas, eu vigiarei o resto.

– Está bem.

– Chame-me às duas, então.

– Certo.

– Fique de ouvidos abertos, e se ouvir qualquer coisa acorde-me incontinenti, ouviu bem?

– Pode ficar descansado. – Tentei mostrar-me tão solene quanto ele.

– E, pelo amor de Deus, não vá cair no sono – disse ele, e com isso, despindo apenas o casaco, cobriu-se com a colcha e ajeitou-se para dormir.

Foi uma vigília melancólica, para o que contribuiu o meu sentimento de inutilidade. Supondo que porventura *Lord* Linchmere tivesse motivo de desconfiar que corria perigo em casa de *Sir* Thomas Rossiter, por que diabo não trancava a porta e assim ficava protegido? A resposta de que talvez quisesse ser atacado era absurda. Por que haveria de querer ser atacado? E quem quereria atacá-lo? Claramente, *Lord* Linchmere estava sofrendo de algum estranho delírio, e o resultado era que com um pretexto imbecil me privava do meu repouso noturno. Ainda assim, por absurdas que fossem, eu estava resolvido a cumprir suas injunções ao pé da letra enquanto estivesse a seu serviço. Fiquei pois sentado junto à chaminé, a escutar um sonoro relógio de carrilhão em algum lugar no corredor, que gorgolejava e batia a cada quarto de hora. Foi uma vigília interminável. A não ser por aquele único relógio, silêncio completo reinava no casarão. Um pequeno abajur sobre a mesinha ao lado do meu braço projetava um círculo de luz ao redor do meu assento, mas deixava os cantos do quarto amortalhados em sombra. Na cama, *Lord* Linchmere respirava placidamente. Eu lhe invejava o sono tranqüilo, e a todo instante minhas pálpebras descaíam, mas de cada vez o meu senso de dever vinha em meu socorro, e eu empinava o corpo, esfregando os olhos e me beliscando, firmemente decidido a levar até o fim a minha estúpida vigia.

E assim fiz. Do corredor veio a batida das duas horas, e eu pousei a mão no ombro do meu companheiro adormecido. Instantaneamente ele sentou-se na cama, com uma expressão do mais vivo interesse na fisionomia.

– Ouviu alguma coisa?

– Não, senhor. São duas horas.

– Muito bem. Eu ficarei de guarda. Pode dormir.

Estendi-me sob a colcha como ele fizera e em pouco mergulhei no sono. Minha última lembrança foi aquele círculo de luz do abajur e da pequena figura encolhida de *Lord* Linchmere com seu rosto tenso e ansioso no centro.

Por quanto tempo dormi não sei; mas de súbito fui despertado por um forte puxão em minha manga. O quarto estava escuro, mas um cheiro quente de azeite mostrou-me que a lâmpada só fora apagada naquele instante.

– Depressa! Depressa! – disse a voz de *Lord* Linchmere ao meu ouvido.

Saltei da cama, com ele ainda me arrastando pelo braço.

– Aqui! – sussurrou ele, e puxou-me para um canto do quarto.

– Psiu! Escute!

No silêncio da noite ouvi distintamente que alguém se aproximava pelo corredor. Era um pisar furtivo, leve e intermitente, como o de alguém que pousava cautelosamente após cada passada. À vezes por meio minuto não havia som algum, depois vinha o arrastar e o ranger que acusava um novo avanço. Meu companheiro tremia de excitação. Sua mão, ainda segurando a minha manga, se agitava como um ramo ao vento.

– O que é isso? – cochichei.

– É ele!

– *Sir* Thomas?

– É.

– O que é que ele quer?

– Psiu! Não faça nada até que eu lhe diga.

Agora eu percebia que alguém experimentava a porta. Houve um levíssimo estalido do trinco, e depois entrevi uma delgada réstia de frouxa claridade. Havia uma lâmpada acesa em algum ponto distante do corredor, que mal permitia da escuridão do nosso quarto ver o exterior. A fresta acinzentada alargou-se aos poucos, muito gradualmente, muito suavemente, e então, recortado contra ela, vi o vulto escuro de um homem. Estava agachado e encolhido, com a silhueta de um anão disforme e volumoso. Lentamente a porta se abriu, com aquela forma ominosa emoldurada no centro. E então, num átimo, a figura encolhida distendeu-se, houve um salto de tigre através do quarto e pam, pam, pam, três tremendos golpes de um objeto pesado na cama.

Fiquei tão paralisado de assombro que quedei imóvel e de olhos arregalados até que fui espertado por um grito de socorro do meu companheiro. A porta aberta difundia luz suficiente para que eu visse os contornos das coisas, e lá estava o pequeno *Lord* Linchmere com os braços ao redor do pescoço do cunhado, bravamente atracado a ele como um *bullterrier* de caça ferrando os dentes num escanifrado galgo veadeiro. O arganaz ossudo, bracejando e girando à volta, tentava deitar mão ao seu atacante; mas o outro, empolgando-o por detrás, mantinha o amplexo, embora seus gritos estridentes e apavorados mostrassem que ele sentia a desigualdade da luta. Saltei em seu socorro, e os dois juntos conseguimos derrubar *Sir* Thomas, embora ele me trincasse o ombro com os dentes. Com toda a minha juventude, peso e força, foi uma tremenda refrega antes que pudéssemos vencer a sua frenética resistência; mas por fim sujeitamos-lhe os braços com o cordão do roupão que ele usava. Eu estava segurando as pernas dele enquanto *Lord* Linchmere tentava reacender a lâmpada, quando um tropel de vários pés se fez ouvir no corredor, e o mordomo e dois lacaios, que a gritaria alarmara, irromperam no quarto. Com a ajuda deles não tivemos mais dificuldades em subjugar o prisioneiro, que jazia no chão espumando e fuzilando-nos com os olhos. Uma olhada ao seu rosto bastava para comprovar que ele era um doido perigoso, enquanto a curta e pesada marreta caída junto à cama mostrava o seu intento homicida.

– Não usem de nenhuma violência! – disse *Lord* Linchmere, enquanto púnhamos de pé o homem que se debatia. – Ele vai ter um período de estupor depois dessa agitação. Acho que já está voltando a si.

Enquanto ele falava, as convulsões foram se tornando menos violentas, e a cabeça do louco caiu para a frente sobre o peito, como se ele fosse vencido pelo sono. Carregamo-lo pelo corredor e o estendemos em sua própria cama, onde ele ficou desacordado, respirando pesadamente.

– Dois de vocês fiquem tomando conta dele – disse *Lord* Linchmere. – E agora, dr. Hamilton, se tiver a bondade de voltar comigo para o quarto, dar-lhe-ei as explicações que o meu horror ao escândalo me levou talvez a procrastinar mais do que deveria. Haja o que houver, o senhor nunca terá motivos para arrepender-se de ter participado no trabalho desta noite.

"O caso pode ser esclarecido em poucas palavras – continuou ele quando ficamos a sós. – Meu pobre cunhado é o melhor homem do mundo, marido amoroso e pai admirável, mas provém de uma família gravemente marcada pela tara da demência. Mais de uma vez ele já teve acessos homicidas, que são tanto mais lamentáveis quanto a sua tendência é sempre acometer justamente a pessoa a que ele é mais afeiçoado. O filho foi mandado para a escola para evitar esse perigo, e depois houve o atentado à minha irmã, sua mulher, do qual ela escapou com ferimentos que o senhor deve ter observado quando a conheceu em Londres. É claro que ele nada sabe dessas coisas quando está em seu estado normal, e rejeitaria como ridícula qualquer sugestão de que ele fosse capaz, sob quaisquer circunstâncias, de ferir aqueles a quem ama tão ternamente. Como sabe, é com freqüência uma característica desse tipo de moléstia a absoluta impossibilidade de convencer o doente da existência dela.

"Nossa intenção inicial era, naturalmente, interná-lo antes que ele manchasse as mãos de sangue, mas havia uma série de dificuldades. Ele é um recluso em seus hábitos, e jamais aceitaria ver um médico. Ademais, seria necessário para o nosso intento que o próprio médico se convencesse da sua insanidade; e ele é tão normal quanto o senhor ou eu, salvo nessas raríssimas ocasiões. Mas, por sorte, antes de sofrer esses ataques, ele sempre mostra certos sintomas premonitórios, que são sinais de perigo providenciais, advertindo-nos a nos pormos em guarda. O mais evidente destes é aquela contorção da testa que o senhor deve ter observado. É um fenômeno que sempre se manifesta a partir de três a quatro dias antes dos seus acessos de fúria. No momento em que ele se mostrava, a esposa ia para a cidade sob algum pretexto e se refugiava em minha casa na Brook Street.

"Restava-me, pois, convencer um médico da anormalidade de *Sir* Thomas, sem o que seria impossível confiná-lo num lugar onde ele não pudesse causar mal. O primeiro problema era como introduzir um médico em sua casa. Ocorreu-me o seu interesse nos besouros e a sua simpatia por quem quer que partilhasse esse seu gosto. Assim publiquei o anúncio, e tive a sorte de encontrar no senhor exatamente o homem de que precisava. A força física era necessária, pois eu sabia que a loucura só podia ser provada por um assalto homicida, e tinha motivos para acreditar que esse assalto seria cometido contra a minha pessoa, pois ele tinha por mim a mais calorosa estima em suas fases de normalidade. Creio que o senhor com a sua inteligência já terá compreendido o resto. Eu não sabia que o ataque ocorreria à noite, mas julgava provável que assim fosse, pois a crise em semelhantes casos sobrevêm de ordinário nas primeiras horas da manhã. Eu sou um homem muito nervoso, mas não via outra maneira de afastar esse terrível perigo da vida de minha irmã. Não preciso perguntar-lhe se o senhor está disposto a assinar os papéis de internamento.

– Sem dúvida. Mas exigem-se *duas* assinaturas.

– O senhor esquece que eu também sou diplomado em medicina. Tenho os papéis na mesa de cabeceira; portanto, se tiver a bondade de assiná-los agora, poderemos providenciar pela manhã a remoção do paciente.

Assim foi a minha visita a *Sir* Thomas Rossiter, o famoso caçador de besouros, e este foi também o meu primeiro passo na escada do sucesso, pois *Lady* Rossiter e *Lord* Linchmere mostraram-se amigos leais e nunca esqueceram o concurso que lhes prestei na sua precisão. *Sir* Thomas teve alta e consta como curado, mas eu penso ainda assim que, se passasse uma outra noite em Delamere Court, cuidaria de trancar a minha porta por dentro.

# O HOMEM DOS RELÓGIOS

Muitos estarão lembrados das estranhas circunstâncias que, rotuladas como o Mistério de Rugby, encheram muitas colunas na imprensa diária durante a primavera de 1892. Surgindo como surgiu num período de excepcional monotonia, ele atraiu mais atenção talvez do que teria merecido, e proporcionou ao público essa mistura de extravagância e drama que tanto estimula a imaginação popular. No entanto, após algumas semanas de investigações frustradas, sem qualquer perspectiva de elucidação final dos fatos, o interesse decaiu, e, de então até o presente, a tragédia pareceu ter ocupado o seu lugar no tenebroso rol dos crimes insolúveis e impunes. Contudo, uma comunicação recente (cuja autenticidade parece insuspeita) lançou uma luz nova e clara sobre o caso. Antes de dá-la ao conhecimento do leitor, convém talvez refrescar-lhe a memória quanto aos singulares acontecimentos em que o comentário se funda. Em síntese, foram os seguintes:

Às cinco horas da tarde de 18 de março do ano já referido, um trem partiu da Estação de Euston com destino a Manchester. Foi um dia chuvoso e borrascoso, piorando com o passar das horas, um tempo pois em que ninguém se animaria a viajar salvo por necessidade. O trem, no entanto, é o preferido dos homens de negócios de Manchester voltando da cidade, pois faz o percurso em quatro horas e vinte minutos, com apenas três paradas no caminho. Por isso, a despeito da tarde inclemente, estava bastante cheio na ocasião de que falo. O condutor do trem era um experimentado servidor da companhia, com vinte e dois anos de trabalho sem qualquer queixa ou reparo. Seu nome era John Palmer.

O relógio da estação batia a quinta badalada, e o condutor estava a pique de dar ao maquinista o sinal costumeiro, quando viu dois passageiros atrasados caminhando apressados pela plataforma. Um deles era um homem excepcionalmente alto, vestido num longo sobretudo preto com gola e punhos de astracã. Como eu disse, a tarde era tempestuosa, e o viajante tinha a gola quente e alta levantada de modo a proteger o pescoço contra o áspero vento de março. Tanto quanto foi dado ao condutor julgar em tão rápido relance, aparentava ser um homem entre cinqüenta e sessenta anos de idade que tivesse retido em boa parte o vigor e a atividade de moço. Numa das mãos trazia uma mala de viagem de couro marrom. A outra pessoa era uma mulher, alta e desempenada, que caminhava com passo vigoroso, deixando para trás o seu acompanhante. Usava um longo guarda-pó marrom-claro, um toque preto bem justo na cabeça, e um véu escuro que lhe ocultava quase todo o rosto. Os dois poderiam passar como pai e filha. Andavam muito depressa ao longo da composição, espiando para dentro das janelas, até que o condutor, John Palmer, se dirigisse a eles.

– Vamos, senhor, avie-se, o trem vai sair.

– Primeira classe – respondeu o homem.

O condutor virou a maçaneta da portinhola mais próxima. No compartimento que ele abriu, estava sentado um homenzinho com um charuto na boca. O aspecto dele parece ter se gravado na memória do condutor, pois mais tarde este mostrou-se preparado para descrevê-lo ou reconhecê-lo. Era um homem de uns trinta e quatro ou trinta e cinco anos, de roupa cinzenta, nariz fino, expressão atenta, com um rosto avermelhado, crestado pelas intempéries, e uma pequena barba preta aparada rente. Quando a porta foi aberta ele levantou os olhos. O homem alto hesitou com um pé no degrau.

– Este é um compartimento de fumantes. A senhora não gosta de fumaça – disse ele, voltando-se para o condutor.

– Muito bem! Aqui então, senhor! – disse John Palmer.

Bateu a porta do compartimento de fumantes, abriu a do seguinte, que estava vazio, e empurrou para dentro os dois viajantes. Em seguida soprou o seu apito e as rodas do trem começaram a girar. O homem do charuto estava à janela do compartimento e disse alguma coisa ao condutor quando este passou por ele, mas as palavras se perderam no bulício da partida. Palmer subiu ao vagão do condutor e não pensou mais no incidente.

Doze minutos depois da partida o trem chegou a Willesden Junction, onde fez uma rápida parada. Um exame dos bilhetes comprovou mais tarde que ninguém embarcara nem desembarcara nessa ocasião, e nenhum passageiro foi visto descer à plataforma. Às 5h14min a viagem prosseguiu, e às 6h50min o expresso chegou a Rugby, com cinco minutos de atraso.

Em Rugby, chamou a atenção dos funcionários da estação o fato de que a porta de um compartimento de primeira classe estava aberta. Um exame do compartimento, e do vizinho, revelou um estado de coisas surpreendente.

O compartimento de fumantes onde o homenzinho de cara avermelhada e barba preta fora visto estava agora vazio. A não ser um toco de charuto, não havia qualquer vestígio do seu ocupante. A porta do compartimento estava fechada. No compartimento contíguo, que primeiramente chamara atenção, não havia sinal nem do cavalheiro da gola de astracã nem da mulher que o acompanhava. Os três passageiros tinham desaparecido. Em compensação, no assoalho deste último compartimento – aquele em que a dama e o homem alto tinham viajado – foi encontrado um homem moço elegantemente vestido e de aparência distinta. Estava caído de costas, com os joelhos levantados, a cabeça encostada à porta interna e um cotovelo sobre cada assento. Uma bala lhe varara o coração, e a morte deve ter sido instantânea. Ninguém vira esse homem embarcar no trem, e nenhum bilhete de passagem foi encontrado em seus bolsos; não havia qualquer marca em suas roupas, nem papéis ou pertences pessoais que permitissem identificá-lo. Quem era, de onde viera e como chegara ao seu fim eram cada qual um mistério tão completo quanto o que ocorrera às três pessoas que uma hora e meia atrás tinham partido de Willesden nos dois compartimentos.

Eu disse que não havia pertences pessoais capazes de identificá-lo. Houve contudo, na verdade, em relação ao jovem desconhecido, um particular que na ocasião foi muito comentado. Em seu poder foram encontrados nada menos de seis valiosos relógios de ouro – três nos vários bolsos do colete, um no bolsinho do casaco, um num bolso interno e um pequeno montado numa pulseira de couro e preso ao seu pulso esquerdo. A explicação óbvia de que o homem fosse um punguista, e aquele o seu espólio, foi descartada pelo fato de que todos os seis eram de fabricação americana e de um tipo raro na Inglaterra. Três deles tinham a marca da Rochester Watchmaking Company; um era da Mason, de Elmira; um não tinha marca; e o pequeno, muito ornado e guarnecido de pedras, era da Tiffany, de Nova York. O conteúdo restante dos bolsos consistia de um canivete de marfim com saca-rolha fabricado pela Rodgers, de Shefield; um pequeno espelho redondo, com uma polegada de diâmetro; uma senha do Lyceum Theatre; uma caixinha de prata cheia de fósforos de cera, e uma charuteira de couro marrom com dois charutos – além de duas libras e catorze xelins em dinheiro. Era claro, portanto, que, fossem quais fossem os motivos que levaram à sua morte, o roubo não estava entre eles. Como já dito, não havia marcas nas roupas brancas do homem, que pareciam novas, nem o nome do alfaiate no casaco. Na aparência ele era jovem, baixo, de rosto liso e feições delicadas. Um dos dentes da frente apresentava, bem visível, uma obturação a ouro.

Tão pronto apurada a tragédia, procedeu-se a um exame dos bilhetes de todos os passageiros e à contagem destes. Verificou-se o excesso de apenas três bilhetes, correspondendo aos três viajantes desaparecidos. Em seguida, o expresso teve permissão de prosseguir viagem, mas com um novo condutor, e John Palmer foi retido como testemunha em Rugby. O carro que incluía os dois compartimentos em questão foi desengatado e colocado num desvio. Depois, com a chegada do Inspetor Vane, da Scotland Yard, e de *Mr.* Henderson, um detetive a serviço da estrada de ferro, um inquérito exaustivo foi realizado, cobrindo todas as circunstâncias.

Que um crime fora cometido era fora de questão. A bala, que parecia ter saído de uma pequena pistola ou revólver, fora disparada de certa distância, pois a roupa não fora chamuscada. Nenhuma arma foi achada no compartimento (o que ao final eliminou a hipótese de suicídio), e não havia sinal da mala de couro marrom que o condutor vira na mão do cavalheiro alto. Um guarda-sol de mulher foi encontrado na prateleira de bagagem, mas nenhum outro vestígio restara dos viajantes. À parte o crime, a questão de como ou por que três passageiros (um deles uma mulher) podiam ter saído do trem e um outro entrado durante o percurso ininterrupto entre Willesden e Rugby, excitou enorme curiosidade entre o público em geral, e deu pasto a intensas especulações na imprensa londrina.

No inquérito, John Palmer, o condutor, forneceu elementos que lançaram alguma luz sobre o caso. Segundo o seu depoimento, havia um trecho entre Tring e Cheddington onde, em razão de reparos na linha, o trem durante alguns minutos reduzira a marcha a não mais de oito ou dez milhas por hora. Ali teria sido viável a um homem, ou a uma mulher excepcionalmente ágil, pular do trem sem grandes problemas. É verdade que havia uma turma de trabalhadores no local, e que eles nada viram, mas era seu costume ficar no meio entre as linhas, e a porta aberta era do lado oposto, o que tornava possível que alguém tivesse saltado sem ser visto, tanto mais que àquela hora já começara a escurecer, e um aterro abrupto eclipsaria prontamente qualquer um que tivesse saltado fora do campo de visão dos operários.

O condutor depôs ainda que havia bastante movimento na estação de Willesden Junction, e que embora sendo certo que ninguém embarcara nem desembarcara ali, era possível que alguns dos passageiros tivessem trocado de compartimento sem ser vistos. Não era raro que um homem terminasse o seu charuto num compartimento de fumantes e em seguida mudasse para um ar mais puro. Supondo que o homem da barba o tivesse feito em Willesden (e a ponta de charuto no chão parecia apoiar a hipótese), seria natural que passasse à divisão mais próxima, o que o teria colocado em companhia dos dois outros atores do drama. Assim, a primeira etapa da ocorrência podia ser conjecturada sem grande transgressão das probabilidades. Mas o que fora a segunda, ou como a última teria sobrevindo, nem o condutor nem os traquejados detetives foram capazes de aventar.

Um cuidadoso exame da linha entre Willesden e Rugby resultou num achado que podia ou não ter relação com a tragédia. Perto de Tring, no exato local onde o trem diminuíra a marcha, foi encontrada na base do aterro uma pequena bíblia de bolso, muito gasta e ensebada. Era editada pela Sociedade Bíblica de Londres, e tinha na página de rosto uma dedicatória: "Para Alice, John. 13 de janeiro de 1856". Abaixo estava escrito: "James. 4 de julho de 1859", e, mais abaixo: "Edward. 1º de novembro de 1869", todas essas inscrições na mesma caligrafia. Foi esta a única pista, se é que se podia chamar uma pista, obtida pela polícia, e o veredicto do *coroner*, "assassinado por pessoa ou pessoas não identificadas", foi o insatisfatório fecho de um caso singular. Anúncios, recompensas e interrogatórios mostraram-se igualmente inócuos, e não se apurou nada de concreto em que fundar uma investigação profícua.

Seria entretanto errôneo imaginar que não se arquitetaram teorias para interpretar os fatos. Ao contrário, na imprensa, tanto inglesa como americana, fervilharam conjecturas e suposições, a maior parte das quais obviamente absurdas. A procedência dos relógios, e certas peculiaridades no tocante à obturação a ouro do seu dente da frente, levaram à suposição de que o morto fosse um cidadão americano, embora a sua roupa branca, terno e calçados fossem indubitavelmente de manufatura inglesa. Alguns sugeriram que ele se teria escondido sob um banco, e, surpreendido, fora por algum motivo, talvez por ter ouvido segredos criminosos, liquidado pelos companheiros de viagem. Conjugada à generalidade sobre a insídia e atrocidade de grupos anarquistas e outras organizações secretas, essa teoria soava tão plausível quanto qualquer outra.

O fato de estar ele sem bilhete de passagem seria coerente com a idéia da ocultação, e era sabido que mulheres tinham papel destacado na propaganda niilista. Por outro lado, o depoimento do condutor deixava claro que o homem teria de estar escondido antes da chegada dos outros, e teria sido altamente improvável que os conspiradores fossem parar por acaso exatamente num compartimento onde um espião previamente se emboscara. Ademais, esta conjectura não levava em conta o homem do compartimento de fumantes, nem explicava o seu sumiço simultâneo. A polícia não teve dificuldade em demonstrar que essa teoria não se ajustava aos fatos; mas, à míngua de elementos, também não tinha meios de propor qualquer explicação alternativa.

Uma carta na *Daily Gazette*, subscrita por um conhecido investigador criminal, deu origem na época a intensas discussões. Formulava uma hipótese que tinha em seu favor, quando nada, a engenhosidade. O melhor a fazer é reproduzi-la textualmente:

"A verdade, esteja onde estiver", dizia ele, "deve depender de uma rara e singular combinação de eventos, portanto não devemos hesitar em pressupor tais eventos em nossa explanação. Na ausência de dados, é mister abandonar o método analítico ou científico de investigação, e empregar o método sintético. Numa palavra, em lugar de tomar fatos conhecidos e deles deduzir o que ocorreu, devemos construir uma explicação fictícia, desde que compatível com os fatos conhecidos. Ulteriormente, essa explicação poderá ser confrontada com dados novos que venham a surgir. Se todos se encaixarem, a probabilidade é de estarmos no caminho certo, e a cada novo dado essa probabilidade crescerá em progressão geométrica, até que a evidência se torne final e convincente.

"Ora, existe um dado sobremodo importante e sugestivo que não recebeu a atenção que merecia. Há um trem local que corre entre Harrow e King's Langley, e o seu horário é tal que o expresso deve tê-lo alcançado aproximadamente no intervalo em que diminuiu a marcha para oito milhas por hora em razão dos reparos na linha. A essa altura os dois trens estariam viajando na mesma direção em linhas paralelas e a velocidades parecidas. É fato conhecido de qualquer pessoa que, em tais circunstâncias, o ocupante de um compartimento pode ver claramente os passageiros dos compartimentos que lhe ficam fronteiros. As luzes do expresso tinham sido acesas em Willesden, portanto todos os compartimentos estavam fortemente iluminados e perfeitamente visíveis para um observador do exterior.

"Visto isto, a seqüência dos eventos tais como os reconstruo seria como segue. O rapaz que portava um número anormal de relógios estava sozinho num compartimento do trem lento. Seu bilhete, documentos, luvas e outros objetos estavam, suponhamos, ao seu lado na poltrona. Provavelmente ele era americano, e também provavelmente dono de uma mente perturbada. O uso excessivo de adornos é um sintoma precoce em certas formas de mania.

"Ele estava sentado olhando os carros do expresso que (em razão da condição da linha) se deslocavam no mesmo andamento que o dele, e de repente viu certas pessoas que conhecia. Vamos supor, para efeito da nossa teoria, que essas pessoas eram uma mulher a quem ele amava e um homem a quem odiava – e que lhe retribuía o ódio. O jovem era excitável e impulsivo. Abriu a porta do seu compartimento, saltou do estribo do trem local para o estribo do expresso, abriu a outra porta e se pôs em presença das duas tais pessoas. O feito (sempre supondo que os trens estavam à mesma velocidade) não é de modo algum tão temerário quanto possa parecer.

"Tendo assim introduzido o nosso moço, sem o seu bilhete, no compartimento ocupado pelo cavalheiro idoso e pela jovem dama, é fácil imaginar que uma cena violenta se seguisse. É possível que o casal fosse também de americanos, e tanto mais provável quanto o homem portava uma arma – coisa rara na Inglaterra. Se o nosso pressuposto da insânia incipiente é verdadeiro, é provável que o mais moço tenha agredido o outro. Como desfecho da luta o mais velho abateu o intruso com um tiro, em seguida saltou do trem em movimento levando a moça consigo. Suponhamos que tudo se passou muito depressa, e que o trem continuava em ritmo tão lento que não era difícil saltar dele. Não é impossível para uma mulher saltar de um trem a oito milhas por hora. Por sinal, nós sabemos que *efetivamente* foi o que ela fez.

"Resta-nos encaixar no quadro o homem do compartimento de fumantes. Presumindo que até aqui tenhamos reconstruído corretamente a tragédia, nada encontraremos neste outro personagem que nos leve a reconsiderar as nossas conclusões. De acordo com a minha teoria, este homem viu o moço cruzar de um trem para o outro, viu-o abrir a porta, ouviu o tiro, viu os dois fugitivos saltando para a estrada, compreendeu que um crime fora cometido, e saltou por sua vez para persegui-los. A razão por que nunca mais se soube dele – se ele, por sua vez, foi morto na perseguição, ou, o que é mais provável, se foi persuadido a não interferir – é um detalhe que por ora não temos meios de estabelecer. Reconheço que cabem aqui certas objeções. À primeira vista, pareceria improvável que num momento como esse um assassino fosse sobrecarregar-se em sua fuga com uma mala de couro marrom. Minha resposta é que ele sabia que, se a mala fosse encontrada, sua identidade seria apurada. Era absolutamente necessário que ele a levasse consigo.

"A confirmação ou não da minha teoria repousa num ponto, e eu recomendaria à estrada de ferro que promovess um rigoroso inquérito no sentido de determinar se um bi lhete sem dono foi encontrado no trem local entre Harrow e King's Langley no dia 18 de março. Se um bilhete nessa condições foi encontrado, minha tese está provada. Se nã a teoria pode ainda assim subsistir, pois é admissível qu o rapaz estivesse viajando sem bilhete, ou que o bilhete s tenha perdido."

A essa hipótese laboriosa e razoável a polícia e companhia replicaram que, primeiro, bilhete algum fo encontrado; segundo, que o trem lento em momento algum correra paralelo ao expresso; e, terceiro, que o trem local estivera parado na estação de King's Langley quando o expresso, a cinqüenta milhas por hora, passara por ele. Assim gorou-se a única explicação satisfatória, e cinco anos se passaram sem vir à luz qualquer outra. E agora, finalmente, eis que surge uma declaração que enquadra todos os fatos, e que deve ser tomada como autêntica. Veio sob a forma de uma carta datada em Nova York e endereçada ao mesmo investigador criminal cuja teoria foi citada acima. Segue-se o texto *in extenso*, excetuados apenas os dois primeiros parágrafos, que são de teor pessoal:

"O senhor haverá de desculpar-me se não sou muito pródigo em nomes. Há por isso menos motivo agora do que havia cinco anos atrás, quando minha mãe era viva. Ainda assim, prefiro apagar todos os rastros que possa. Mas devo-lhe uma explicação, pois a sua idéia, embora equivocada, foi sobremaneira engenhosa. Tenho de voltar um pouco para que o senhor possa entender a coisa toda.

"Minha família é procedente de Bucks, na Inglaterra, tendo emigrado para os Estados Unidos em princípios dos anos cinqüenta. Estabeleceu-se em Rochester, no Estado de Nova York, onde meu pai abriu um grande armazém de secos. Houve apenas dois filhos: eu, James, e meu irmão Edward. Eu era dez anos mais velho que meu irmão, e com a morte de meu pai fiz-lhe eu as vezes de pai, como é normal que faça um irmão mais velho. Ele era um rapaz inteligente e vivo, e uma criatura bela como poucas. Mas sempre teve uma falha de caráter, e esta era como bolor num queijo, pois ia se espalhando mais e mais, e nada era possível fazer para impedi-lo. Mamãe percebia isso tão claramente quanto eu, mas ainda assim continuava a mimá-lo, pois ele tinha um jeito todo especial que tornava impossível recusar-lhe alguma coisa. Eu fiz tudo que podia para refreá-lo, e ele me detestava por isso.

"Acabou por tomar o freio nos dentes, e não houve como segurá-lo. Partiu para Nova York e então foi rapidamente de mal a pior. A princípio era apenas leviano, depois tornou-se delinqüente; e ao fim de um ano ou dois convertera-se em um dos mais notórios patifes da cidade. Ligou-se a Sparrow MacCoy, elemento destacado em sua profissão de trapaceiro, falsário e vigarista. Os dois se associaram na batota e freqüentavam os melhores hotéis de Nova York. Meu irmão era um ator consumado (poderia ter feito uma carreira honesta se quisesse) e desempenhava os papéis de um jovem inglês aristocrata, de um caipira do Oeste ou de um universitário, segundo o que conviesse aos intentos de Sparrow MacCoy. Certa feita vestiu-se de mulher, e saiu-se tão bem, e fez-se um chamariz tão valioso que daí por diante este passou a ser o seu truque favorito. Eles se entendiam com Tammany Hall e com a polícia, e aparentemente nada os deteria, já que tudo isso foi antes da Comissão Lexow, e nesse tempo, com uma boa proteção, era possível fazer qualquer coisa.

"E nada os teria detido se eles se tivessem limitado ao carteado e a Nova York. Mas entenderam de ir parar em Rochester e ali forjar uma assinatura num cheque. O autor da fraude foi o meu irmão, embora todos soubessem que ele estava sob a influência de Sparrow MacCoy. Eu comprei o cheque, e custou-me uma pequena fortuna.

"Então procurei meu irmão, coloquei o cheque diante dele sobre a mesa e jurei-lhe que o processaria se ele não saísse do país. A princípio ele limitou-se a rir. Eu não poderia processá-lo, disse ele, sem causar um profundo desgosto à nossa mãe, e isto ele sabia que eu não faria. Fi-lo entender, entretanto, que o pesar de nossa mãe não poderia ser maior do que já era, e que eu já firmara a minha decisão: preferia vê-lo na cadeia em Rochester a num hotel de Nova York. Ele acabou por ceder e prometeu solenemente que se afastaria de Sparrow MacCoy, que partiria para a Europa, e que se aplicaria a qualquer trabalho honesto que eu o ajudasse a conseguir. Levei-o incontinenti a um velho amigo da família, Joe Willson, que é um exportador americano de relógios, e obtive que ele desse a Edward uma representação em Londres, com um pequeno salário e uma comissão de quinze por cento sobre todos os negócios. Seus modos e aparência eram de tal modo cativantes que ele prontamente conquistou o velho, e uma semana depois era enviado para Londres com uma grande mala de amostras.

"Pareceu-me que a história do cheque realmente lhe servira de lição, e que havia uma boa probabilidade de que ele se firmasse numa vida honesta. Minha mãe conversara com ele, e o que ela lhe dissera o tocara, pois ela fora sempre para ele a melhor das mães e ele fora para ela o grande desapontamento da sua vida. Mas eu sabia que Sparrow MacCoy tinha uma grande influência sobre Edward, e que o meio de manter o rapaz na linha era romper a ligação entre eles. Eu tinha um amigo inspetor de polícia em Nova York, e através dele fiquei de olho em MacCoy. Quando, uma quinzena após a partida de Edward, eu soube que MacCoy tomara um camarote no *Etruria*, tive a certeza de que ele ia à Inglaterra no intuito de induzir o meu irmão a retornar aos caminhos que deixara. No mesmo instante resolvi ir também, e opor minha influência à de MacCoy. Sabia que seria uma luta perdida, mas achei, e minha mãe concordou, que era aquele o meu dever. Passamos a última noite orando pelo meu sucesso, e ela me deu a sua velha bíblia, presente de meu pai no dia do seu casamento lá na Velha Terra, para que eu a trouxesse sempre junto ao coração.

"No vapor fui, portanto, companheiro de viagem de Sparrow MacCoy, e tive pelo menos o prazer de estragar o seu joguinho por toda a travessia. Logo na primeira noite entrei no salão de fumar e encontrei-o à cabeceira de uma mesa de jogo, com meia dúzia de jovens petimetres que levavam para a Europa as suas bolsas cheias e os seus crânios vazios. Ele estava preparando a sua messe, que seria sem dúvida abundante. Mas eu logo lhe atalhei os planos.

"– Senhores – disse eu –, têm certeza de que sabem com quem estão jogando?

"– E o que lhe importa isso? Cuide da sua vida! – disse ele com uma praga.

"– Quem é ele, afinal? – perguntou um dos pelintras.

"– Sparrow MacCoy, o mais notório batoteiro da América do Norte.

"Ele saltou de pé empunhando uma garrafa, mas lembrou-se de que estava sob a bandeira da caduca Velha Terra, onde a lei e a ordem imperam e Tammany Hall não exerce o seu poder. A cadeia e a forca esperam a violência e o assassinato, e não há fugir pela porta dos fundos a bordo de um transatlântico.

"– Prove o que disse, seu... – disse ele.

"– É o que farei! – disse eu. – Arregace a sua manga direita, e eu provarei as minhas palavras ou as engolirei.

"Ele ficou branco e não disse uma palavra. Como vê, eu conhecia alguma coisa dos seus truques, e sabia que uma parte do dispositivo usado por ele e por outros manipuladores consiste num elástico colocado ao longo do braço com um grampo logo acima do pulso. É por meio desse grampo que eles retiram da mão as cartas que não lhes servem, enquanto as trocam por outras guardadas num outro esconderijo. Calculei que ele estaria assim equipado, e estava. Ele me amaldiçoou, escapuliu-se do salão, e quase não foi visto pelo resto da viagem. Por essa vez pelo menos, eu tive um acerto de contas com *Mister* Sparrow MacCoy.

"Mas em pouco ele tirava a sua forra, pois quando se tratou de influenciar o meu irmão, ele levou a melhor todas as vezes. Durante as primeiras semanas em Londres, Edward mantivera a correção, e fizera alguns negócios com os seus relógios, até que o bandido se pôs novamente em seu caminho. Fiz o que pude, mas o que pude não bastou. Pouco depois fiquei sabendo de um escândalo ocorrido num hotel da Northumberland Avenue: um viajante fora despojado de uma grande soma por um par de intrujões mancomunados, e o caso estava nas mãos da Scotland Yard. A notícia me chegou num vespertino, e eu tive a certeza imediata de que MacCoy e meu irmão tinham voltado às suas falcatruas. Corri ao quarto alugado de Edward. Fui informado de que ele e um homem alto (que reconheci como MacCoy) tinham saído juntos, e que ele deixara a casa e levara consigo os seus pertences. A senhoria o tinha ouvido dando vários endereços a um cocheiro de praça, sendo o último a estação de Euston, e por acaso entreouvira o homem alto dizendo alguma coisa sobre Manchester. Acreditava pois que fosse esse o seu destino.

"Consultando os horários, vi que o trem mais provável era o das cinco, embora houvesse outro às 4h35min que eles poderiam ter tomado. Mal tive tempo de alcançar o das cinco, mas não vi sinal deles, nem na estação nem no trem. Imaginei que teriam partido no trem anterior, e resolvi segui-los a Manchester e procurá-los nos hotéis. Um último apelo ao meu irmão em nome de tudo que ele devia à minha mãe podia ainda ser a sua salvação. Meus nervos estavam em petição de miséria, e eu acendi um charuto procurando me acalmar. Nesse instante, quando o trem já se punha em movimento, a porta do meu compartimento foi aberta e ali estavam MacCoy e meu irmão na plataforma.

"Estavam ambos disfarçados, e com bons motivos, pois sabiam que a polícia de Londres andava à caça deles. MacCoy usava levantada uma grande gola de astracã, que só deixava ver os olhos e o nariz. Meu irmão estava vestido de mulher, com um véu escuro sobre o rosto. Ainda assim não me enganou nem por um instante, nem o teria feito mesmo que eu não soubesse que ele usara antes muitas vezes aquela espécie de disfarce. Tive um sobressalto, e então MacCoy me reconheceu. Disse alguma coisa, o condutor bateu a porta, e eles embarcaram no compartimento contíguo. Tentei deter a partida para segui-los, mas o trem já estava em movimento.

"Quando paramos em Willesden, mudei imediatamente de compartimento. Ao que parece ninguém me viu fazê-lo, o que não é de espantar, pois havia muito movimento na estação. MacCoy, é claro, me esperava, e passara todo o tempo entre Euston e Willesden fazendo tudo que podia para endurecer o coração de meu irmão e predispô-lo contra mim. É o que imagino, pois nunca o vi tão impossível de abrandar ou demover. Tentei por todos os modos: pintei-lhe o seu futuro numa cela inglesa; descrevi-lhe a mágoa de sua mãe quando eu voltasse com as notícias; tudo fiz para tocar-lhe os sentimentos, mas foi tudo em vão. Ele quedou calado, com uma expressão desdenhosa naquele seu rosto tão bonito, enquanto a todo momento Sparrow MacCoy interpunha zombarias, ou palavras de encorajamento para amparar meu irmão em suas decisões.

"– Por que não abre uma escola dominical? – dizia a mim, e a seguir: – Ele pensa que você não tem vontade própria. Pensa que você ainda é o irmãozinho de calças curtas, e que pode levá-lo para onde quiser. Só agora está aprendendo que você é tão homem quanto ele.

"Foram essas palavras que me fizeram perder a paciência. Já tínhamos deixado Willesden para trás, pois tudo isso tinha levado um certo tempo. Deixei-me levar pela irritação, e, pela primeira vez na vida, falei duramente ao meu irmão. Talvez tivesse sido melhor se o tivesse feito mais cedo e mais vezes.

"– Homem... – escarneci. – Ainda bem que o seu amigo o diz, pois ninguém desconfiaria disso vendo-o desse jeito, como uma mocinha de internato. Aposto que não há em todo este país uma figura mais ridícula que você aí sentado com esse avental de boneca.

"A isto ele enrubesceu, pois era um homem vaidoso e detestava ser posto em ridículo.

"– É apenas um guarda-pó – respondeu, e o despiu. – Era preciso despistar os tiras, e eu não tinha outra maneira de fazê-lo. – Tirou também o toque com o véu preso, e guardou tudo na sua mala de viagem. – Não preciso usar isso até que venha o condutor.

"– Nem vai precisar depois – disse eu, e apanhando a mala atirei-a pela janela com toda a minha força. – Escute bem, no que depender de mim você nunca mais vai se fazer de mulherzinha. Se esse disfarce é tudo que o separa da cadeia, é para lá que você vai.

"Era este o modo certo de tratá-lo. Senti prontamente a minha vantagem. Seu caráter maleável cedia muito mais facilmente à brutalidade que à persuasão. Ele ficou rubro de vergonha, e seus olhos encheram-se de lágrimas. Mas MacCoy também percebeu a minha ascendência e estava resolvido a impedir que eu me valesse dela.

"– Ele é meu amigo, e não vou permitir que você o maltrate – gritou.

"– Ele é meu irmão, e não vou permitir que você o arruine – disse eu. – Acho que uma temporada atrás das grades é a melhor maneira de mantê-los separados, e é o que vai acontecer, ou não será culpa minha.

"– Ah! vai dar com a língua nos dentes, não é isso? – Num piscar de olhos ele sacou de um revólver. Saltei para travar-lhe a mão, mas vi que era tarde e desviei o corpo. No mesmo instante ele atirou, e a bala que era para mim varou o coração do meu pobre irmão.

"Ele caiu sem um gemido ao chão do carro, e MacCoy e eu, igualmente horrorizados, nos ajoelhamos junto dele, um de cada lado, tentando reanimá-lo. MacCoy empunhava ainda o revólver carregado, mas a sua fúria contra mim e o meu ressentimento contra ele tinham sido momentaneamente submergidos pela súbita tragédia. Fui eu que primeiro me dei conta da situação. Por algum motivo o trem reduzira muito a marcha, e ele viu a sua oportunidade de fuga. De um pulo alcançou a porta, mas eu fui igualmente rápido e, saltando sobre ele, caímos os dois estribo abaixo e rolamos atracados pelo talude de um grande aterro. Ao chegar à base, bati com a cabeça numa pedra e perdi a consciência. Quando voltei a mim estava estendido entre algumas moitas baixas, não longe dos trilhos, e alguém me banhava a cabeça com um lenço molhado. Era Sparrow MacCoy.

"– Não tive coragem de abandoná-lo – disse ele. – Não queria ter nas mãos o sangue de dois de vocês num mesmo dia. Você amava o seu irmão, estou certo; mas não o amava mais do que eu, embora possa dizer que foi uma maneira estranha de mostrá-lo. Seja como for, o mundo me parece um bocado vazio agora que ele se foi e pouco se me dá que você me entregue ou não ao carrasco.

"Ele torcera um tornozelo na queda, e ali ficamos os dois, ele com seu pé inútil, eu com a cabeça latejante, e conversamos longamente até que pouco a pouco o meu rancor se foi abrandando e se transformando em algo como simpatia. De que valia vingar a morte de meu irmão com a de um homem que aquela morte abalara tanto quanto a mim? E depois, à medida que gradualmente ia caindo em mim, comecei a perceber também que nada poderia fazer contra MacCoy que não se refletisse em mim mesmo e em minha mãe. Como denunciá-lo sem que um relato completo da vida de meu irmão viesse a público – a exata coisa que acima de tudo queríamos evitar? A verdade é que era de interesse nosso tanto quanto dele encobrir o caso, e de vingador do crime eu me vi convertido em obstrutor da justiça. O lugar onde nos encontrávamos era uma dessas coutadas de faisões tão comuns na Velha Terra, e enquanto tenteávamos nosso caminho através dela surpreendi-me a consultar o matador de meu irmão sobre as possibilidades que tínhamos de nos mantermos na sombra.

"Pelo que ele disse, logo fiquei sabendo que, a menos que houvesse nos bolsos de meu irmão algum documento cuja existência ignorássemos, não havia meios que permitissem à polícia identificá-lo ou saber de que modo ele fora parar no trem. Seu bilhete de passagem estava no bolso de MacCoy, bem como a cautela da bagagem que tinham deixado guardada na estação. Como a maioria dos americanos, eles tinham achado mais fácil e mais barato comprar roupas em Londres do que trazer as suas de Nova York, pelo que eram todas novas e sem marcas. A mala contendo o guarda-pó, que eu atirei pela janela, pode ter caído nalgum mato e estar lá até hoje, ou sido recolhida por um vagabundo, ou ido parar na polícia, que teria guardado silêncio sobre o fato. De um modo ou de outro, nada li a respeito nos jornais de Londres. Quanto aos relógios, eram parte dos que lhe haviam sido confiados para fins comerciais. Talvez fosse com esses mesmos fins que ele os estava levando para Manchester, ou... bem, sobre isso não vale a pena especular.

"Não culpo a polícia por ter ficado no escuro. Não vejo como poderia ter sido de outro modo. Havia apenas uma pequena pista que poderia ter sido seguida, embora muito tênue. Refiro-me ao espelhinho redondo encontrado num dos bolsos de meu irmão. Não é coisa que um rapaz costume carregar consigo, não é mesmo? Mas um jogador ter-lhes-ia dito o que um espelho como aquele representa para um batoteiro. Sentando-se um pouco afastado da mesa, e colocando o espelho voltado para cima sobre o colo, ele pode ver, ao dar as cartas, todas as que distribui aos seus adversários. Não é difícil pagar ou dobrar uma aposta conhecendo as cartas do outro tão bem quanto as próprias. Ele é parte do equipamento de um jogador profissional como o elástico no braço de Sparrow MacCoy. Ligando o espelho às recentes fraudes nos hotéis, a polícia podia ter dado com o fio da meada.

"Não resta muito a dizer. Chegamos à noite a uma aldeia chamada Amersham, assumimos os papéis de dois excursionistas, e mais tarde voltamos discretamente a Londres, de onde MacCoy partiu para o Cairo e eu retornei a Nova York. Minha mãe morreu seis meses depois, e eu fico feliz em dizer que morreu sem jamais ter suspeitado a verdade. Sempre imaginou que Edward estava ganhando a vida honestamente em Londres, e eu nunca tive a coragem de desfazer-lhe a ilusão. Cartas não vinham; mas como ele nunca escrevera antes, não havia o que estranhar. Ela morreu com o nome dele nos lábios.

"Tenho apenas mais uma coisa a pedir-lhe, senhor, e a tomarei como uma generosa paga desta explicação, se puder atender-me. Estará lembrado da bíblia que foi recolhida? Sempre a trouxe comigo no meu bolso interno, donde deve ter saltado quando caí do trem. Ela tem para mim um grande valor estimativo, pois é um livro de família, com meu nascimento e o de meu irmão anotados por meu pai na primeira folha. Peço-lhe que se dirija a quem de direito e consiga que ela me seja remetida. Ela não tem qualquer valor para mais ninguém. Se o senhor a despachar para X, Biblioteca Bassano, Nova York, ela me chegará seguramente às mãos."

# A CAIXA DE CHARÃO

Sim. Foi realmente uma coisa curiosa, disse o preceptor; um desses episódios grotescos e fantásticos que às vezes nos acontecem no curso da vida. Custou-me o melhor emprego que já me foi dado esperar. Mas não me arrependo do tempo que passei em Thorpe Place, pois ganhei... bem, quando lhes contar a história saberão o que ganhei.

Não sei se conhecem a região dos Midlands que é banhada pelo Avon. É a parte mais inglesa da Inglaterra. Shakespeare, a flor da raça, nasceu bem no meio dela. É uma terra de pastagens onduladas, crescendo em dobras mais altas para o oeste, até formar as montanhas de Malvern. Não há cidades, mas numerosas aldeias, cada qual com sua igreja normanda de pedra cinzenta. O viajante deixou para trás a alvenaria de tijolos dos condados do sul e do leste, e tudo agora é pedra – paredes de pedra e telhados de lousas vestidas de liquens. Tudo é sólido, maciço e severo, como convém ao coração de um grande país.

Era no interior desse rincão, não muito longe de Evesham, que *Sir* John Bollamore vivia na velha mansão ancestral de Thorpe Place, e foi lá que fui parar para ensinar os seus dois filhos pequenos. *Sir* John era viúvo – a mulher morrera três anos antes – e pai de dois meninos de oito e dez anos respectivamente, e de uma linda garotinha de sete. *Miss* Witherton, hoje minha esposa, era a governanta da menina. Eu era preceptor dos dois meninos. Pode haver prelúdio mais óbvio para um noivado? Hoje ela me governa, e eu ensino dois meninos que são os nossos filhos. Assim pois – já deixei claro o que foi que ganhei em Thorpe Place!

Era uma casa antiqüíssima, incrivelmente antiga – pré-normanda em parte – e os Bollamores sustentavam que a família ali vivera desde muito antes da Conquista. De chegada, deram-me calafrios aquelas paredes cinzentas de formidável espessura, as ásperas pedras corroídas, o cheiro de animal doente que se exalava do estoque apodrecido da vetusta construção. Mas a ala moderna era clara e o jardim bem cuidado. Nenhuma casa é triste tendo dentro uma linda menina e na frente um espetáculo de rosas como aquele.

À parte uma equipe completa de criados, éramos apenas quatro no serviço da casa, a saber, *Miss* Witherton, então com vinte e quatro anos e tão linda... bem, tão linda quando é hoje *Mrs.* Colmore; eu, Frank Colmore, com trinta; *Mrs.* Stevens, a governanta da casa, uma mulher seca e calada, e *Mr.* Richards, um homem alto de porte marcial, que exercia as funções de administrador da propriedade. Nós quatro sempre fazíamos juntos as nossas refeições, ao passo que *Sir* John fazia as suas sozinho na biblioteca. Às vezes se reunia a nós no jantar, mas de um modo geral nós nos sentíamos melhor quando ele não o fazia.

Pois ele era uma pessoa assustadora. Imagine-se um homem de seis pés e três polegadas de altura, compleição majestosa, um rosto aristocrático com um nariz proeminente, cabelos brasinos, sobrancelhas hirsutas, uma pequena barba pontuda à Mefistófeles, e vincos na testa e ao redor dos olhos, tão fundos que pareciam talhados a canivete. Tinha olhos cinzentos, tristonhos e cansados, orgulhosos e ao mesmo tempo patéticos, olhos que inspiravam piedade mas proibiam mostrá-la. Tinha as costas arqueadas pelo estudo, mais afora isso era um homem de bela aparência para a sua idade – cinqüenta e cinco talvez – que nenhuma mulher desdenharia olhar.

Mas sua presença não era animadora. Ele era sempre cortês, sempre refinado, mas singularmente calado e reservado. Nunca convivi por tanto tempo com uma pessoa sabendo tão pouco sobre ela. Em casa ele passava todo o tempo ou no seu pequeno gabinete da torre leste, ou na biblioteca, na ala moderna. Sua rotina era tão regular que a qualquer hora sabia-se exatamente onde ele estava. Ao gabinete ele ia duas vezes por dia, uma após o desjejum e outra às dez horas da noite. Podia-se acertar o relógio pelo bater da pesada porta. O resto do dia passava na biblioteca – exceto uma ou duas horas à tarde, em que saía para um passeio a pé ou a cavalo, tão solitário quanto o resto da sua existência. Ele amava os filhos, e se interessava vivamente pelos seus progressos nos estudos, mas eles se sentiam um tanto intimidados por aquela figura calada e carrancuda e o evitavam sempre que podiam. Aliás, era o que todos fazíamos.

Foi só depois de algum tempo que fiquei sabendo alguma coisa sobre as circunstâncias da vida de *Sir* John Bollamore, pois *Mrs.* Stevens, a governanta, e *Mr.* Richards, o administrador, eram por demais leais para andar linguarejando sobre os assuntos do patrão. Quanto à ama, não sabia mais que eu, e nosso interesse comum foi das coisas que nos aproximaram. Mas finalmente houve um incidente que levou a uma maior intimidade com *Mr.* Richards, e a uma noção mais ampla da vida do homem a quem ele servia.

A causa imediata foi nada menos que a queda de Master Percy, o mais jovem dos meus pupilos, na levada do moinho, com sério perigo de vida tanto para ele quanto para mim, pois para salvá-lo eu tive de arriscar-me. Encharcado e exausto – pois fiquei mais estafado que o menino – eu estava a caminho do meu quarto quando *Sir* John, que ouvira o rebuliço, abriu a porta do pequeno gabinete e perguntou-me o que houvera. Falei-lhe do acidente, assegurando-lhe que a criança nada sofrera, enquanto ele escutava com a fisionomia austera e imóvel. Somente a fixidez dos olhos e os lábios comprimidos deixavam perceber a emoção que ele tentava ocultar.

– Um momento! Entre aqui! Quero saber os detalhes! – disse ele, entrando novamente pela porta aberta.

E assim me vi no interior do seu pequeno santuário, no qual, soube depois, ninguém mais pusera pé nos últimos três anos, com exceção de uma velha criada encarregada da limpeza. Era uma peça redonda, condizendo com a forma da torre em que se situava, com um teto baixo, uma única janela estreita engrinaldada de hera, e uma mobília extremamente simples. Um velho tapete, uma única cadeira, uma mesa de pinho e uma pequena estante de livros eram tudo que nela se continha. Sobre a mesa havia um retrato de corpo inteiro de uma mulher – não prestei muita atenção às feições, mas me lembro de que uma certa graça delicada era a impressão predominante. Junto dele estava uma grande caixa preta de charão e um ou dois maços de cartas ou papéis presos com elásticos.

Nossa entrevista foi curta, pois *Sir* John Bollamore percebeu que eu estava ensopado, e que tinha de trocar de roupa sem demora. Contudo, o incidente motivou uma instrutiva conversa com Richards, o administrador, que nunca entrara naquele aposento que o acaso me abrira. Nessa mesma tarde ele veio a mim, cheio de curiosidade, e ficamos a passear de um lado para outro na alameda do jardim, enquanto os meus dois discípulos jogavam tênis no campo adjacente.

– Você não imagina a exceção que foi aberta em seu favor – disse ele. – Aquela sala é mantida em tal mistério, e as visitas de *Sir* John a ela são tão regulares e infalíveis, que um sentimento quase supersticioso se formou na casa em torno dela. Se eu lhe contasse todas as histórias que circulam por aí, histórias de presenças misteriosas e de vozes entreouvidas pelos serviçais, você poderia imaginar que *Sir* John recaiu na sua vida antiga.

– Por que diz "recaiu"? – perguntei.

Ele me olhou com surpresa.

– Será possível que você não saiba nada do passado de *Sir* John?

– Nada.

– É espantoso. Sempre pensei que não houvesse na Inglaterra quem não soubesse alguma coisa dos seus antecedentes. Eu não falaria neste assunto se não fosse pelo fato de você ser agora um dos nossos, e de as coisas poderem chegar aos seus ouvidos de uma forma mais brutal se eu silenciasse sobre elas. Nunca me passou pela cabeça que você ignorasse estar a serviço do "Diabo" Bollamore.

– Por que "Diabo"? – perguntei.

– Ah! você é jovem e o mundo anda depressa, mas vinte anos atrás o nome do "Diabo" Bollamore era famoso em Londres. Ele era o rei dos turbulentos, valentão, arruaceiro, jogador, beberrão – um sobrevivente dos velhos rufiões, e tão ruim quanto o pior deles.

Olhei para ele, boquiaberto.

– O quê! Esse homem quieto, estudioso, carrancudo?

– O maior crápula e libertino de Londres! Aqui entre nós, Colmore. Mas agora você sabe do que estou falando quando digo que uma voz de mulher no seu aposento ainda pode dar que falar.

– Mas o que o fez mudar tanto?

– A pequena Beryl Clare, quando assumiu o risco de tornar-se sua esposa. Desde então tudo mudou. Ele fora tão longe que os seus próprios companheiros de esbórnia o tinham desertado. Há um mundo de diferença, você sabe, entre um bebedor e um bêbado. Todos eles bebem, mas um bêbado eles não suportam. Ele se tornara escravo da bebida – sem remédio e sem socorro. Foi quando ela entrou em cena, viu as possibilidades de um homem de valor à beira do naufrágio, enfrentou o risco de casar com ele, e, devotando-lhe a sua vida, trouxe-o de volta à hombridade e à decência. Você deve ter observado que não há bebidas alcoólicas na casa. Nunca mais houve desde que ela transpôs esses umbrais. Uma gota que fosse seria como sangue para um tigre, mesmo agora.

– Então é a influência dela que ainda o retém?

– Isso é que é o mais incrível. Quando ela morreu, três anos atrás, todos esperamos e tememos que ele recaísse na vida que levara. Ela própria o temia, e a idéia tornou-lhe a morte pavorosa, pois ela era para o homem como um anjo da guarda, e vivia para essa única missão. A propósito, você viu uma caixa preta de charão na sala dele?

– Vi.

– Acho que é onde ele guarda as cartas dela. Todas as vezes que sai de viagem, por uma noite que seja, leva infalivelmente consigo a caixa de charão. Bem, bem, Colmore, talvez eu lhe tenha dito mais do que devia. Em todo caso, espero que me retribua se algo de interesse chegar ao seu conhecimento.

Pude perceber que aquele honrado cavalheiro estava morto de curiosidade e em nada melindrado pelo fato de que eu, o recém-vindo, tivesse sido o primeiro a devassar a câmara proibida. Mas o fato fez com que eu subisse em sua estima, e daí por diante vi-me em termos mais íntimos com ele.

E agora a figura silente e majestosa do meu empregador passara a interessar-me mais. Comecei a entender a expressão estranhamente humana em seus olhos, aqueles vincos profundos no seu semblante sofrido. Era um homem a travar uma batalha perpétua, a resistir com quantas forças tinha, da manhã à noite, a um horrível inimigo que todo o tempo forcejava em empolgá-lo – um inimigo que o destruiria, corpo e alma, quando lhe deitasse as garras mais uma única vez. Vendo aquela figura encurvada e taciturna a marchar no corredor ou a vagar pelo jardim, a ameaça iminente parecia assumir uma forma corpórea, e eu quase imaginava divisar o mais feroz e abominável de todos os demônios a rojar-se aos seus calcanhares, na sua própria sombra, como uma fera meio acovardada que se encolhe junto ao guardador, pronta para num momento incauto saltar-lhe à garganta. E a morta, a mulher que empenhara a vida em protegê-lo do perigo, também tomava forma em minha fantasia, e eu a via como uma presença nebulosa e bela que se interpunha sem descanso, os braços levantados, em defesa do homem que amava.

De uma maneira sutil ele adivinhava a minha simpatia, e ao seu modo mudo denotava apreciá-la. Certa feita, chegou a convidar-me a partilhar o seu passeio vespertino, e embora dessa vez não trocássemos palavra, foi um sinal de confiança que ele nunca demonstrara a ninguém. Pediu-me também que catalogasse a sua biblioteca (era uma das melhores bibliotecas particulares da Inglaterra), e eu passei muitas horas noturnas em presença dele, se não em sua companhia, ele lendo à sua escrivaninha e eu sentado num desvão junto à janela, pondo em ordem o caos em que se achavam os seus livros. Apesar dessa familiaridade, nunca mais fui convidado a penetrar na câmara da torre.

E então veio a minha inversão de sentimentos. Um único incidente transformou a minha simpatia em aversão, e deu-me a conhecer que o meu empregador continuava sendo tudo o que fora, com o vício adicional da hipocrisia. O que aconteceu foi o seguinte.

Uma noite, *Miss* Witherton fora a Broadway, a aldeia vizinha, para cantar num espetáculo beneficente, e eu, conforme prometera, fora lá para acompanhá-la no caminho de volta. A estrada contorna a torre leste, e, de passagem, eu notei a luz acesa na sala circular. Era uma noite de verão, e a janela, que ficava um pouco acima de nossas cabeças, estava aberta. Sucedeu que, no momento, estávamos os dois absorvidos em nossa própria conversa e nos tínhamos detido no jardim que circunda o velho torreão, quando de repente alguma coisa nos interrompeu, desviando-nos a atenção do nosso tema.

Era uma voz – sem dúvida nenhuma uma voz de mulher. Era baixa – tão baixa que só mesmo na quietude daquele ar noturno nos teria sido dado ouvi-la, mas, por abafada que fosse, o timbre era inconfundivelmente feminino. Falava depressa, em frases entrecortadas, depois silenciava – uma voz lamentosa, ofegante e implorativa. *Miss* Witherton e eu ficamos a entreolhar-nos por alguns momentos. Em seguida, dirigimo-nos rapidamente para a porta da entrada.

– Veio da janela – disse eu.

– Não vamos bisbilhotar – respondeu ela. – Vamos esquecer que ouvimos alguma coisa.

Havia em seus modos uma ausência de surpresa que me sugeriu uma nova idéia.

– Você já ouviu isso antes – exclamei.

– Não pude evitar. Meu quarto fica na torre, em cima. Já aconteceu muitas vezes.

– Quem será ela?

– Não faço idéia. Prefiro não falar nisso.

Seu tom era o bastante para que eu soubesse o que ela imaginava. Mas, supondo que o nosso empregador levasse uma vida dúplice e dúbia, quem poderia ser ela, a mulher que lhe fazia companhia no velho torreão? Eu vira com meus próprios olhos como era nua e desolada aquela peça. Evidentemente ela não vivia ali. Mas, então, de onde viria? Não podia ser ninguém da criadagem. Estavam todas sob os olhos vigilantes de *Mrs.* Stevens. A visitante só podia vir de fora. Mas como?

E então lembrei-me de repente de como era antiga a construção, e da probabilidade de que existisse nela algum túnel medieval. Quase todos os velhos castelos os têm. O quarto misterioso era a base da torre; logo, se existisse ali qualquer coisa dessa espécie, o acesso deveria ser no piso. Havia diversas casinholas na redondeza imediata. O outro extremo do túnel podia estar escondido entre as silvas do próximo.

Quanto mais eu me convencia disso, mais admirava a maneira como ele mascarava a sua verdadeira natureza. Muitas vezes, contemplando-lhe a figura austera, eu me perguntava como era possível que um homem como ele estivesse vivendo aquela dupla vida, e tentava persuadir-me de que as minhas suspeitas poderiam, afinal, ser infundadas. Mas havia a voz de mulher, havia o cotidiano *rendez-vous* noturno na câmara da torre – como dar a esses fatos uma interpretação inocente? O homem passou a me inspirar horror. Enchia-me de asco aquela incrível e constante hipocrisia.

Uma única vez em todos aqueles meses eu o vi sem a máscara soturna e impassível que ele apresentava de ordinário aos seus semelhantes. Por um rápido segundo tive um vislumbre daqueles fogos vulcânicos que ele tão longamente sufocara. A cena foi deprimente, pois o objeto da sua ira foi justamente a velha faxineira a que já fiz menção como sendo a única pessoa com permissão de acesso ao quarto do mistério. Eu estava passando pelo corredor que leva ao torreão – pois meu próprio quarto ficava para aquele lado – quando ouvi de repente um grito de susto, e de mistura com ele a nota rouca, regougante de um homem que a cólera não deixa articular. Era o rosnido de uma fera enfurecida. Depois ouvi a voz dele, fremente de raiva.

– A senhora se atreveu! A senhora se atreveu a desobedecer às minhas ordens!

Um instante depois a faxineira passou por mim tropeçando pelo corredor, pálida e trêmula, enquanto aquela voz terrível trovejava atrás dela:

– Vá acertar as suas contas com *Mrs.* Stevens! Nunca mais me apareça nesta casa!

Devorado de curiosidade, não me contive e segui a mulher. Dobrando o corredor, dei com ela encostada à parede, palpitando como um coelho assustado.

– O que foi, *Mrs.* Brown? – perguntei.

– Foi o patrão! – ela ofegou. – Oh! senhor, que medo ele me deu! Se o senhor visse os olhos dele, *Mr.* Colmore. Deus do céu! pensei que ele fosse me matar.

– O que foi que a senhora fez?

– O que eu fiz, senhor! Nada. Nada de mais, senhor. Tudo que fiz foi pôr a mão naquela caixa preta lá dele – nem mesmo abri, e ele chegou de repente e o senhor ouviu o jeito que ele me tratou. Perdi meu emprego, e foi melhor assim, pois eu nunca mais teria coragem de chegar perto dele.

Então era a caixa de charão a causa daquele acesso – a tal caixa de que ele jamais se separava. Qual seria a ligação, se é que ligação havia, entre aquilo e as visitas secretas da dama cuja voz eu entreouvira? A ira de *Sir* Bollamore foi duradoura além de violenta, pois desse dia em diante *Mrs.* Brown, a faxineira, desapareceu de vista, e em Thorpe Place nunca mais se soube dela.

E agora passo a narrar o estranho acaso que me desvendou todo o mistério e me pôs ao corrente do segredo do meu empregador. A história talvez deixe os senhores a conjeturar se a curiosidade não terá suplantado em mim a compostura, e se eu não me terei prestado ao papel de espião. Se é o que preferem pensar, nada posso fazer. Só me cabe asseverar que, por improvável que pareça, as coisas se passaram como as conto, sem tirar nem pôr.

A primeira etapa desse *dénouement* foi que o pequeno quarto da torre tornou-se inabitável. O motivo disso foi a queda da trave de carvalho roída de cupim que suportava o teto. Apodrecida pelo tempo, ela partiu-se ao meio uma manhã e desabou, arrastando consigo uma grande quantidade de estuque. Por sorte *Sir* John não estava na peça. Sua preciosa caixa foi salva de entre os escombros e levada para a biblioteca, onde, daí por diante, permaneceu trancada na sua escrivaninha. *Sir* John não cuidou de reparar os danos, e nunca me foi dado pesquisar a tal passagem secreta cuja existência eu tinha imaginado. Quanto à dama, minha impressão foi que o acidente tinha posto fim às suas visitas, antes que uma noite eu ouvisse *Mr.* Richards perguntando a *Mrs.* Stevens quem era a mulher que ele ouvira conversando com *Sir* John na biblioteca. Não pude ouvir a resposta, mas notei pelo seu jeito que não era a primeira vez que ela se via obrigada a responder ou se furtar àquela mesma pergunta.

– Você ouviu a voz, Colmore? – disse o intendente.

Confessei que sim.

– E o que é que *você* acha?

Encolhi os ombros e observei que aquilo não era da minha conta.

– Ora, vamos, você está tão curioso como qualquer de nós. É ou não é uma mulher?

– Não há dúvida que é uma mulher.

– Onde foi que você a ouviu?

– No quarto da torre, antes de o teto cair.

– Pois eu a ouvi na biblioteca ontem à noite. Passei pelas portas quando estava indo para a cama, e ouvi uma voz gemendo e implorando, tão bem como ouço você. Pode ser que seja uma mulher...

– Ora essa, e *o que* mais podia ser?

Ele me olhou fixamente.

– Há mais coisas entre o céu e a terra... – disse. – Se é uma mulher, por onde é que ela entra?

– Não sei.

– Pois é. Nem eu. Mas se for outra coisa... Ora, qual, para um prático homem de negócios em pleno século dezenove, essa espécie de conversa é um tanto ridícula.

Ele parou por aí, mas eu vi que o assunto o preocupava mais do que ele queria dar a parecer. A todas as velhas histórias de fantasmas de Thorpe Place, uma nova se estava acrescentando bem sob os nossos olhos. A esta altura talvez tenha tomado o seu lugar definitivo, pois a explicação, embora se me tenha oferecido, nunca chegou a mais ninguém.

Eis como me veio a explicação. Eu passara uma noite de insônia em razão de uma nevralgia, e pelo meio-dia tomara uma forte dose de clorodina para aliviar a dor. A essa altura eu estava terminando a catalogação da biblioteca de *Sir* Bollamore, e tinha por hábito trabalhar das cinco às sete. Nesse dia tive de lutar contra o duplo efeito da minha noite maldormida e do narcótico. Como já disse atrás, havia um desvão na biblioteca, e era ali que eu costumava trabalhar. Apliquei-me com perseverança à minha tarefa, mas a prostração venceu-me e, recostando-me no canapé, caí num sono pesado.

Não sei quanto tempo dormi, mas quando acordei já escurecera por completo. Estonteado pela clorodina que tomara, deixei-me ficar imóvel num estado de semiconsciência. A grande sala, com suas altas paredes forradas de livros, avultava luridamente ao meu redor. Uma tênue radiância do luar se coava da janela oposta, e contra esse fundo mais claro eu vi *Sir* John Bollamore sentado à sua mesa de estudo. Sua cabeça bem proporcionada e seu perfil marcante recortavam-se nitidamente contra o quadrado frouxamente luminoso. Enquanto eu observava, ele se curvou, e eu ouvi o estalo de uma chave girando e o raspar de um metal contra metal. Como num sonho, percebi vagamente que era a caixa de charão que ele tinha à sua frente, e que de dentro dela tirara alguma coisa, um objeto achatado e esquisito, que agora estava diante dele sobre a mesa. Até então não me ocorrera à mente atarantada e entorpecida que eu estava invadindo a sua intimidade, que ele se imaginava sozinho na peça. E então, no momento em que acordava para a minha percepção horrorizada, e fazia menção de levantar-me para anunciar minha presença, ouvi uma crepitação estranha, áspera e metálica, e em seguida a voz.

Sim, era uma voz de mulher; não havia a menor dúvida. Uma voz tão suplicante, tão ternamente apaixonada, que há de ressoar para sempre em meus ouvidos. Vinha acompanhada de uma curiosa e longínqua ressonância, mas cada palavra era clara, embora débil, muito débil, pois eram as últimas palavras de uma moribunda.

– Eu não parti realmente, John – disse a voz, fraca, arquejante. – Estou bem aqui ao seu lado, e sempre estarei, até nos encontrarmos novamente. Morro feliz em pensar que cada manhã e cada noite você vai ouvir a minha voz. Oh! John, seja forte, seja forte, até estarmos juntos outra vez.

Eu disse que me tinha levantado para anunciar minha presença, mas não podia fazê-lo enquanto a voz estivesse falando. Tive de permanecer meio deitado, meio sentado, paralisado, estupefato, ouvindo aquele murmurar distante, ardente e musical. Quanto a ele – estava tão enlevado que mesmo que eu falasse não me escutaria. Só quando a voz silenciou fiz ouvir as minhas semi-articuladas desculpas e explicações. Ele cruzou a peça de um salto, acendeu a luz elétrica, e na claridade branca eu o vi, os olhos faiscantes de cólera, o rosto contorcido de furor, como a infeliz faxineira devia tê-lo visto umas semanas atrás.

– *Mr.* Colmore! – vociferou. – O senhor aqui! O que significa isto, senhor?

Gaguejando, expliquei-lhe tudo, minha nevralgia, o narcótico, meu desastrado sono e meu inesperado despertar. Enquanto ele escutava, o rubor da sua indignação foi se desvanecendo, e a máscara triste, impassível, cobriu-lhe outra vez as feições.

– Meu segredo lhe pertence, *Mr.* Colmore – disse ele. – Sou eu o único culpado por relaxar minhas precauções. Meia confidência é pior do que nenhuma, portanto o melhor é que o senhor saiba tudo, já que sabe tanto. Da minha história o senhor fará o que quiser depois de minha morte, mas até lá eu apelo para o seu sentimento de decência no sentido de que nenhum vivente a ouvirá de seus lábios. Eu ainda tenho orgulho – valha-me Deus! – ou pelo menos orgulho suficiente para execrar a compaixão que esta história atrairia sobre mim. Eu sorri à inveja, e desdenhei o ódio, mas piedade é mais do que posso tolerar.

"O senhor ouviu a fonte de onde vem a voz – essa voz que, estou ciente, tanta curiosidade tem despertado em minha casa. Sei dos rumores que ela originou. Essas especulações, quer em termos de escândalo ou de superstição, são de ordem que eu posso desprezar e perdoar. O que eu não perdoaria nunca é que alguém deslealmente me escutasse às portas e me espionasse no interesse de uma vergonhosa curiosidade. Mas disto, *Mr.* Colmore, eu o absolvo.

"Quando eu era moço, meu amigo, muitos anos mais moço que o senhor, vi-me atirado ao mundo sem um amigo ou conselheiro, com uma bolsa que atraía tão-somente e em demasia amigos falsos e falsos conselheiros. Bebi desmesuradamente do vinho da vida – se é que existe um vivente que bebeu mais abundantemente do que eu, não o invejo. Minha bolsa sofreu, meu caráter sofreu, minha saúde sofreu, tornei-me um escravo de estimulantes, uma criatura ante a qual minha memória se encolhe horrorizada.

Foi nessa hora, na hora da minha mais negra degradação, que Deus me enviou o espírito mais doce, mais gentil que jamais desceu do alto como um anjo salvador.

Ela me amou, alquebrado como me encontrou, amou-me, e dedicou a sua vida a fazer um novo homem do que eu degradara ao nível de uma besta.

Mas uma doença fatal a prostrou, e ela consumiu-se diante dos meus olhos. Na hora da agonia, não foi em si, nos seus próprios sofrimentos ou na sua própria morte que ela pensou. O único tormento que o seu destino lhe trouxe foi o medo de que, cessada a influência, eu reverteria ao que fora. Em vão jurei-lhe que jamais outra gota de vinho me tocaria os lábios. Ela sabia bem demais o poder do Demônio sobre mim – ela que tanto lutara para livrar-me – e o pensamento de que minha alma podia cair-lhe de novo nas garras assombrava-lhe os dias e as noites.

Foi através de uma conversa entre amigos no seu quarto de doente que ela ouviu falar desta invenção – o fonógrafo –, e com a pronta acuidade de uma mulher amorosa percebeu que podia fazer uso dela para os seus fins. Mandou-me comprar em Londres o melhor que pudesse encontrar. Com seus últimos alentos, registrou nele as palavras que desde então me mantiveram no caminho reto. Solitário e quebrantado, que mais tinha eu no mundo para amparar-me? Mas é o quanto basta. Se Deus quiser, hei de encará-la sem vergonha quando prouver a Ele reunir-nos! É este o meu segredo, *Mr.* Colmore, e enquanto eu viver ele fica cometido à sua guarda.

# DOUTOR NEGRO

Bishop's Crossing é um pequeno povoado situado umas dez milhas a sudoeste de Liverpool. Em princípios dos anos setenta estabeleceu-se ali um médico chamado Aloysius Lana. Nada se sabia no lugar sobre os seus antecedentes ou sobre os motivos que o tinham levado a escolher aquela aldeola do Lancashire. Dois únicos fatos eram certos a respeito dele: o primeiro era que se diplomara em medicina em Glasgow, com certa distinção; o outro, que provinha indubitavelmente de alguma raça tropical, e tinha a pele tão fusca que poderia indicar uma linhagem hindu em sua ascendência. Seus traços predominantes eram no entanto europeus, e ele ostentava um porte e uma cortesania altivos que sugeriam uma extração castelhana. Sua pele escura, seu cabelo de azeviche, seus olhos pretos e líquidos sob um par de espessas sobrancelhas faziam um exótico contraste com o tipo castanho ou cor de linho dos camponios ingleses, e em pouco o recém-chegado ficava conhecido como "O Doutor Negro de Bishop's Crossing". A princípio era uma alcunha hostil e derrisória; com o passar dos anos transformou-se em título honorífico, conhecido em toda a redondeza, e transbordando muito além dos estreitos limites da povoação.

Pois o adventício mostrou ser cirurgião capaz e facultativo consumado. A clínica do distrito estivera nas mãos de Edward Rowe, filho de *Sir* William Rowe, médico de fama em Liverpool, mas que não herdara os talentos do pai, e o dr. Lana, com a vantagem de sua presença e maneiras, em pouco tempo lhe tomara o lugar. O sucesso social do dr. Lana foi tão rápido quanto o profissional. Uma notável cura cirúrgica no caso do Hon. James Lowry, segundo filho de *Lord* Belton, abriu-lhe as portas da sociedade do condado, onde ele se tornou figura requestada pelo encanto da conversação e elegância das maneiras. A ausência de antecedentes e parentes é por vezes mais auxílio do que impedimento ao ascenso social, e a marcada personalidade do insinuante doutor recomendava-se por si.

Seus pacientes apontavam nele um senão – um único senão. Ele parecia ser um solteirão empedernido. Isso causava tanto mais espécie quanto a casa em que ele residia era uma casa espaçosa, e era óbvio que o seu êxito profissional lhe permitia acumular uma poupança invejável. A princípio as casamenteiras locais insistiam reiteradamente em ligar-lhe o nome a essa ou aquela dama casadoura, mas à medida que os anos se passavam e o dr. Lana continuava solteiro, gradualmente formou-se o consenso de que haveria bons motivos para tal. Alguns chegaram a afirmar que ele já era casado, e que fora para fugir às conseqüências de uma união malograda que viera enterrar-se em Bishop's Crossing. E então, justamente no momento em que as casamenteiras, desesperançadas, tinham aberto mão dos seus esforços, foi anunciado repentinamente o seu noivado com *Miss* Frances Morton, de Leigh Hall.

*Miss* Morton era moça muito conhecida no lugar, já que seu pai, James Haldane Morton, fora o *Esquire* de Bishop's Crossing. Entretanto, tanto o pai como a mãe tinham morrido, e ela vivia em companhia do único irmão, Arthur Morton, que herdara as terras da família. Pessoalmente, *Miss* Morton era alta e imponente, e famosa pelo seu temperamento vivo e impetuoso e pela força de caráter. Conhecera o dr. Lana em um *garden-party*, e uma amizade, logo transformada em amor, nascera entre eles. Maior devoção mútua não podia haver. Havia um certo desencontro de idades, ele com trinta e sete, ela com vinte e quatro, mas, a menos desse único fator, não havia objeção possível ao enlace. O noivado foi em fevereiro, e o casamento foi marcado para agosto.

Em 3 de junho o dr. Lana recebeu uma carta do estrangeiro. Num lugar pequeno, o agente do correio está em posição de ser também o agente linguareiro, e *Mr.* Bankley, de Bishop's Crossing, conhecia muitos dos segredos da comunidade. Com relação àquela carta, ele notou apenas que era um envelope diferente do comum, que a letra do endereço era de homem, que o carimbo era de Buenos Aires, e o selo da República Argentina. Era a primeira carta que ele via recebida pelo dr. Lana do estrangeiro, daí a atenção especial que ela lhe despertou, antes que ele a passasse ao carteiro. A carta foi entregue na tarde desse mesmo dia.

Na manhã seguinte – ou seja, 4 de junho – o dr. Lana foi à procura de *Miss* Morton, seguindo-se um longo colóquio, do qual ele foi visto retornar em estado de grande agitação. *Miss* Morton permaneceu o dia inteiro em seu quarto, e várias vezes a criada a surpreendeu chorando. Em menos de uma semana, era um segredo de polichinelo para a aldeia inteira que o noivado fora desfeito, que o dr. Lana se portara vergonhosamente em relação à moça, e que Arthur Morton, o irmão, falava em aplicar-lhe uma surra de chicote. De que modo, exatamente, o doutor se portara mal ninguém sabia – uns imaginavam uma coisa e outros outra; mas todos notaram, e tomaram como prova evidente de consciência culpada, que ele dava enormes voltas para não passar pelas janelas de Leigh Hall, e que deixara de assistir ao culto matinal dos domingos, onde havia o risco de encontrar a moça. Houve ainda um anúncio no *Lancet* sobre a venda de uma clínica, no qual não se mencionavam nomes, mas que alguns julgaram referir-se a Bishop's Crossing, e indicar que o dr. Lana tencionava abandonar a cena do seu sucesso. As coisas estavam nesse pé quando na noite de 21 de junho, uma segunda-feira, houve um fato novo que veio transformar o que fora um mero escândalo de aldeia numa tragédia que abalou todo o país. Alguns detalhes são necessários para que os acontecimentos dessa noite se apresentem em sua plena significação.

Os únicos ocupantes da casa do doutor eram a sua governanta, uma mulher idosa e respeitável chamada Martha Woods, e uma jovem criada – Mary Pilling. O cocheiro e o moço do consultório dormiam fora. Era costume do doutor sentar-se à noite em seu gabinete, contíguo ao consultório, na ala que ficava oposta à dos alojamentos dos criados. Daquele lado da casa havia uma porta independente para uso dos pacientes, o que tornava possível ao doutor receber um visitante sem o conhecimento de ninguém. Por sinal, quando atendia pacientes retardios, era comum que ele os fizesse entrar e sair por essa porta lateral, pois a criada e a governanta tinham por hábito recolher-se cedo.

Na noite em questão Martha Woods foi ao gabinete do doutor às nove e meia e encontrou-o escrevendo à sua mesa. Deu-lhe boa-noite, mandou a criada para a cama, em seguida ocupou-se até um quarto para as onze em afazeres da casa. O relógio do hall estava dando as onze quando ela foi para o quarto. Uns quinze ou vinte minutos depois ouviu um grito ou chamado que parecia vir do interior da casa. Esperou algum tempo, mas o grito não se repetiu. Assustada, pois o som fora alto e insistente, ela meteu-se num roupão e correu a toda pressa para o gabinete do doutor.

– Quem é? – exclamou uma voz, quando ela bateu à porta.

– Sou eu, senhor... *Mrs.* Woods.

– Por favor, deixe-me em paz. Volte já para o seu quarto! – ordenou a voz, que, ao que lhe pareceu, era a do doutor. O tom era tão áspero e tão contrário às maneiras costumeiras do patrão, que ela se sentiu surpresa e magoada.

– Pensei tê-lo ouvido chamar, senhor – explicou, mas desta vez não teve resposta. Na volta para o quarto *Mrs.* Woods olhou o relógio. Eram onze e meia.

Entre as onze e as doze (ela não soube dizer a hora exata), uma cliente esteve à procura do doutor e não foi atendida. A visitante tardia era *Mrs.* Madding, mulher do merceeiro da aldeia, que estava em estado grave com febre tifóide. O doutor lhe pedira que ela o procurasse à noite e lhe desse notícia dos progressos do doente. Ela viu a luz acesa no gabinete, mas, tendo batido várias vezes à porta do consultório sem obter resposta, imaginou que o doutor estaria atendendo a algum chamado, e voltou para casa.

Há um caminho curto e sinuoso, com uma lanterna no extremo, que conduz da casa para a rua. Quando *Mrs.* Madding saiu pelo portão, um homem vinha vindo no passeio. Julgando que podia ser o dr. Lana de volta de uma visita, ela esperou por ele, e surpreendeu-se ao ver que se tratava de *Mr.* Arthur Morton, o jovem *esquire.* À luz da lanterna, notou que ele parecia excitado, e que trazia na mão um grosso rebenque de caça. Quando ele ia entrando no portão ela dirigiu-se a ele.

– O doutor não está em casa, senhor – disse.

– Como sabe disso? – perguntou ele, desabridamente.

– Estive batendo à porta do lado, senhor.

– A luz está acesa – disse o jovem fidalgo olhando para a casa. – Aquele é o gabinete dele, não é?

– Sim, senhor. Mas tenho certeza que ele não está.

– Bem, se saiu ele tem de voltar – disse o jovem Morton, e entrou pelo portão enquanto *Mrs.* Madding tomava o caminho de casa.

Às três da manhã o marido dela sofreu uma forte recaída, e ela ficou tão alarmada pelos sintomas que ele apresentava que resolveu chamar o médico sem demora. Ao passar o portão, espantou-se de ver alguém emboscado entre as moitas de loureiros. Era sem dúvida um homem, e ao que lhe pareceu, *Mr.* Arthur Morton. Preocupada com seus próprios problemas, ela não deu grande atenção ao fato e concentrou-se no motivo que a trouxera.

Ao chegar à casa, percebeu com surpresa que a luz do gabinete ainda estava acesa. Por isso bateu à porta lateral. Não houve resposta. Repetiu as batidas várias vezes, sem resultado. Pareceu-lhe improvável que o doutor tivesse saído ou ido para a cama deixando acesa uma luz tão forte, e ocorreu-lhe a possibilidade de que ele tivesse adormecido em sua cadeira. Bateu à janela, mas inutilmente. Então, percebendo que havia uma fresta entre a cortina e o caixilho, espiou para dentro.

A pequena peça estava vivamente iluminada por um grande quebra-luz sobre a mesa central, que estava atulhada de livros e instrumentos do doutor. Ela não viu ninguém, nem nada de anormal, exceto que na parte mais distante da sombra projetada pela mesa havia uma luva esbranquiçada caída no tapete. E então, de repente, quando os olhos dela se acostumaram mais à luz, um sapato emergiu do outro extremo da sombra, e ela percebeu, com um calafrio de horror, que o que tomara por uma luva era a mão de um homem estendido no chão. Compreendendo que algo de terrível sucedera, ela tocou a campainha da porta da frente, acordou *Mrs.* Woods, a governanta, e as duas se dirigiram ao gabinete, depois de enviar a criada ao posto de polícia.

Junto à mesa, do lado oposto à janela, encontraram o dr. Lana de costas e positivamente morto. Era evidente que sofrera violências, pois um dos olhos estava arroxeado e havia marcas de golpes no rosto e no pescoço. Um ligeiro espessamento e inchação das feições parecia indicar que a morte fora produzida por estrangulamento. Ele vestia as suas roupas costumeiras de trabalho, mas com chinelos de pano, cujas solas se mostravam perfeitamente limpas. O tapete estava todo marcado, especialmente do lado da porta, com pegadas de calçados sujos, presumivelmente deixadas pelo assassino. Era evidente que alguém entrara pela porta do consultório, matara o doutor e escapara sem ser visto. Que o atacante era um homem era certo, dadas as dimensões das pegadas e a natureza dos ferimentos. Mas além deste ponto a polícia achou muito difícil avançar.

Não havia indícios de roubo, e o relógio de ouro do doutor estava em seu bolso. A peça continha um pesado cofre, o qual verificou-se estar trancado mas vazio. *Mrs.* Woods tinha a impressão de que grandes somas costumavam ser ali guardadas, mas nesse mesmo dia o doutor pagara uma vultosa conta de armazém, e a falta de valores no cofre foi atribuída a este fato, e não à ação de um ladrão. Apenas uma coisa faltava na peça – mas uma coisa sugestiva. O retrato de *Miss* Morton, que sempre estivera sobre a mesa lateral, fora retirado da moldura e desaparecera. *Mrs.* Woods vira-o ainda nessa mesma noite ao falar ao patrão, e agora o retrato se fora. Por outro lado, foi encontrado no chão um tapa-olho verde, que a governanta não se lembrava de ter visto antes. Entretanto, era explicável que um médico tivesse consigo um tal objeto, e nada havia para indicar que ele pudesse de algum modo estar ligado ao crime.

As suspeitas só podiam voltar-se numa direção, e Arthur Morton, o jovem *esquire*, foi imediatamente preso. As provas contra ele eram circunstanciais, mas esmagadoras. Ele era devotado à irmã, e ficou patente que desde o rompimento entre ela e o dr. Lana ele fora ouvido inúmeras vezes a expressar-se em termos virulentamente rancorosos sobre o seu ex-namorado. Como já dito, fora visto, por volta de onze horas, entrando no jardim do médico com um rebenque na mão. Pela versão da polícia, ele forçara a sua entrada no gabinete do doutor, cuja exclamação de susto ou de raiva fora suficientemente alta para atrair a atenção de *Mrs.* Woods. Quando *Mrs.* Woods descera, o dr. Lana tinha decidido entender-se com o visitante, e por isso ordenara à governanta que voltasse para o quarto. A discussão se estendera por um longo tempo, tornara-se mais e mais acalorada, e culminara numa luta, na qual o doutor perdera a vida. O fato, revelado pela autópsia, de que ele sofria uma séria afecção do coração – um mal completamente insuspeitado em vida – tornava possível que a morte no seu caso tivesse sido provocada por lesões que não seriam fatais num homem saudável. Arthur Morton ter-se-ia então apoderado do retrato da irmã e fugido para casa, ocultando-se nas moitas de loureiros para evitar *Mrs.* Madding no portão. Foi esta a tese da acusação, e o libelo era arrasador.

Por outro lado, a defesa tinha argumentos fortes. Morton era vivo e impetuoso, como a irmã; mas era estimado e respeitado por todos, e com sua índole correta e franca parecia incapaz de um crime como aquele. Sua própria explicação foi que ele estava ansioso por uma conversa com o dr. Lana a respeito de importantes assuntos de família (do princípio ao fim ele se recusou a sequer tocar no nome da irmã). Não tentou negar que essa conversa teria provavelmente assumido um caráter desagradável. Ouvira de uma cliente que o doutor não estava em casa, e por isso esperara o seu regresso até por volta das três horas da manhã; mas, como até aquela hora ele não aparecesse, desistira e voltara para casa. Quanto à morte, não sabia a respeito mais que o delegado de polícia que o prendera. Em outros tempos fora amigo íntimo do morto; mas certas circunstâncias que preferia não mencionar haviam provocado uma mudança nas suas relações.

Vários fatos falavam em favor da sua inocência. Era certo que o dr. Lana estava vivo em seu gabinete às onze e meia. *Mrs.* Woods estava pronta a jurar que fora a hora em que lhe ouvira a voz. Os amigos do acusado argumentavam com a probabilidade de que àquela hora o dr. Lana não estivesse sozinho. O grito que inicialmente chamara a atenção da governanta, e a inusitada impaciência com que ele lhe ordenara que se retirasse pareciam indicá-la. Assim sendo, o mais provável era que a morte se tivesse dado entre o momento em que a governanta lhe ouvira a voz e aquele em que *Mrs.* Madding o procurara pela primeira vez e não fora atendida. E se o crime ocorrera no intervalo, certamente *Mr.* Arthur Morton não podia ser culpado, pois fora depois disso que ela encontrara o jovem cavalheiro no portão.

Se a hipótese era correta, e alguém estivera com o dr. Lana antes que *Mrs.* Madding encontrasse *Mr.* Arthur Morton, quem seria esse alguém, e que motivos teria para querer mal ao doutor? Era consenso geral que se os amigos do acusado pudessem esclarecer este ponto, dariam um grande passo no sentido de estabelecer-lhe a inocência. Mas, no comenos, era lícito ao público alegar – como alegava – que não havia qualquer prova da presença lá de outra pessoa exceto o jovem *esquire*; ao passo que, por outro lado, havia provas de sobra de que os seus motivos indo lá eram de natureza sinistra. Quando *Mrs.* Madding batera, o doutor podia ter se recolhido ao seu quarto, ou, como ela então pensara, saído e voltado mais tarde, encontrando *Mr.* Arthur Morton à sua espera. Alguns dos defensores do acusado salientaram o fato de que a fotografia da irmã, retirada da sala do doutor, não fora encontrada em poder do irmão. O argumento, contudo, não tinha grande peso, pois sobrara-lhe tempo, antes da prisão, para queimá-la ou destruí-la. Quanto ao único indício concreto do caso – as marcas de lama no chão – eram tão imprecisas, em razão da maciez do tapete, que era impossível tirar delas qualquer dedução segura. O mais que se podia dizer era que a sua aparência não era incompatível com a teoria de que tivessem sido produzidas pelo acusado, e comprovou-se ademais que as suas botas estavam sujas de barro aquela noite. À tarde houvera chuvas fortes, e era provável que todos os calçados estivessem nas mesmas condições.

Este é o relato sumário da estranha e dramática seqüência dos eventos que fizeram convergir a atenção popular para o Crime do Lancashire. O mistério da origem do doutor, sua personalidade bizarra e senhoril, a posição do acusado, e o romance que precedera o assassinato, tudo se conjugava para fazer do caso um desses dramas que absorvem o interesse de um país inteiro. Em toda a extensão dos três reinos as pessoas discutiam o caso do Doutor Negro de Bishop's Crossing, e eram sem conta as teorias expendidas para explicar os fatos; mas pode-se afirmar com segurança que, entre todas elas, não havia uma única que tivesse preparado o espírito do público para a extraordinária evolução dos acontecimentos, que tanta celeuma provocou no primeiro dia do julgamento, e atingiu um clímax no segundo. O grosso dossiê do *Lancaster Weekly* com as reportagens do caso está à minha frente enquanto escrevo, mas devo contentar-me com uma sinopse dos trabalhos até o ponto em que, na noite do primeiro dia, o testemunho de *Miss* Frances Morton lançou uma luz singular sobre o caso.

*Mr.* Porlock Carr, o promotor, alinhara os fatos com a sua costumeira habilidade, e à medida que as horas se passavam mais patente se tornava a dificuldade da tarefa que aguardava *Mr.* Humphrey, o advogado de defesa. Várias testemunhas foram instigadas a atestar a linguagem desabrida em que ouviram o fidalgo referir-se ao médico e a maneira arrebatada como reagiria a alegada indignidade de que fora vítima a irmã. *Mrs.* Madding repetiu o seu depoimento a respeito da visita noturna que o réu fizera ao morto, e as declarações de outra testemunha revelaram que o réu estava a par do costume do doutor de permanecer sozinho naquela ala isolada da casa, e que escolhera aquela hora tardia para procurá-lo porque tinha a certeza de que a vítima estaria à sua mercê. Uma criada da mansão do *esquire* foi compelida a admitir que ouvira o seu patrão chegando em casa por volta das três horas da manhã, o que corroborava a afirmação de *Mrs.* Madding de que o vira entre as moitas de loureiros perto do portão quando da sua segunda visita. As botas sujas de barro e uma suposta semelhança nas pegadas foram longamente comentadas, e, concluído o libelo acusatório, a impressão geral foi que, por circunstancial que fosse, nem por isso era menos completo e convincente, e que o destino do réu fora selado, a menos que algum fato inteiramente novo fosse aduzido pela defesa. Eram três horas quando a acusação foi encerrada. Às quatro e meia, quando o tribunal suspendeu a sessão, um lance inesperado se passara. Extraio o incidente, ou parte dele, do jornal já referido, omitindo as considerações iniciais do advogado.

Houve grande sensação na sala repleta quando se verificou que a primeira testemunha chamada pela defesa era *Miss* Frances Morton, a irmã do réu. Nossos leitores estarão lembrados de que a moça estivera prometida ao dr. Lana, e de que a indignação ante o repentino rompimento do noivado era o motivo que supostamente compelira o irmão a cometer o crime. *Miss* Morton, entretanto, não fora de forma alguma diretamente implicada no caso, quer no inquérito, quer na fase de pronúncia, e a sua presença como principal testemunha da defesa surpreendeu grandemente a assistência.

*Miss* Frances Morton, uma morena alta e bonita, deu o seu depoimento em voz baixa mas clara, embora fosse evidente que se encontrava todo o tempo sob forte emoção. Falou do seu noivado com o doutor, aludiu de leve ao seu fim, que se devera, disse ela, a motivos pessoais relacionados com a família dele, e surpreendeu a corte afirmando que sempre julgara infundado e irracional o ressentimento do irmão. Em resposta a uma pergunta direta do advogado, respondeu que não tinha contra o dr. Lana qualquer motivo de queixa, e que no seu entender ele agira de maneira perfeitamente digna. O irmão, insuficientemente informado sobre os fatos, adotara um parecer diferente, e ela era constrangida a admitir que, não obstante os seus rogos, ele proferira ameaças de violência pessoal contra o doutor, e, na noite da tragédia, anunciara a intenção de "acertar contas" com ele. Ela fizera o possível para induzi-lo a uma atitude mais sensata, mas ele era extremamente obstinado quando se tratava de suas emoções e preconceitos.

Até aquele ponto as declarações da jovem mais pareciam depor contra o réu do que a seu favor. Porém as perguntas seguintes do advogado lançaram uma luz inteiramente diferente sobre o caso, e revelaram uma linha imprevista de defesa.

*Mr.* Humphrey: A senhora crê que seu irmão seja culpado desse crime?

O Juiz: Não posso permitir esta pergunta, *Mr.* Humphrey. Estamos aqui para julgar sobre questões de fato – não de crença.

*Mr.* Humphrey: A senhora sabe que o seu irmão é inocente da morte do dr. Lana?

*Miss* Morton: Sim.

*Mr.* Humphrey: Como sabe disso?

*Miss* Morton: Porque o dr. Lana não está morto.

Houve um longo zunzum no tribunal, interrompendo a inquirição da testemunha.

*Mr.* Humphrey: E como sabe, *Miss* Morton, que o dr. Lana não está morto?

*Miss* Morton: Porque recebi uma carta dele, posterior à data da sua suposta morte.

*Mr.* Humphrey: A senhora tem essa carta?

*Miss* Morton: Sim, mas preferiria não mostrá-la.

*Mr.* Humphrey: Tem o envelope?

*Miss* Morton: Sim, aqui está.

*Mr.* Humphrey: De onde é o carimbo?

*Miss* Morton: Liverpool.

*Mr.* Humphrey: E a data?

*Miss* Morton: 22 de junho.

*Mr.* Humphrey: Ou seja, o dia seguinte ao da suposta morte. A senhora afirma sob juramento que a caligrafia é dele, *Miss* Morton?

*Miss* Morton: Certamente.

*Mr.* Humphrey: Meritíssimo, pretendo chamar outras seis testemunhas que atestarão que a letra neste sobrescrito é do dr. Lana.

O Juiz: O senhor terá de chamá-las amanhã.

*Mr.* Porlock Carr (o promotor): No entretempo, Meritíssimo, requeremos posse desse documento, com o fim de obtermos prova pericial quanto à possível falsificação da escrita da pessoa que, até segunda ordem, afirmamos com plena convicção ser a do falecido. Escusa advertir que a tese tão inesperadamente apresentada pode vir a ser desmascarada como um óbvio expediente dos amigos do acusado visando a tumultuar este processo. Permita-me salientar o fato de que a jovem, segundo o que ela própria declarou, deve ter estado de posse dessa carta em todo o decorrer das investigações policiais e andamento do processo. Pretende-nos fazer acreditar que permitiu o seu prosseguimento, embora detendo em seu poder elementos de prova, que, a qualquer momento, poderiam ter-lhe posto termo.

*Mr.* Humphrey: Pode explicar isto, *Miss* Morton?

*Miss* Morton: O dr. Lana desejava que o segredo fosse resguardado.

*Mr.* Porlock Carr: Então por que resolveu torná-lo público?

*Miss* Morton: Para salvar meu irmão.

Um murmúrio aprobativo fez-se ouvir na sala, e o juiz prontamente o reprimiu.

O Juiz: Admitida esta linha de defesa, cabe ao senhor, *Mr.* Humphrey, esclarecer quem seja o homem cujo corpo foi reconhecido por numerosos amigos e pacientes do dr. Lana como sendo o do próprio.

Um jurado: Alguém até aqui expressou alguma dúvida a respeito?

*Mr.* Porlock Carr: Não que eu saiba.

*Mr.* Humphrey: Esperamos elucidar este ponto.

O Juiz: Então o tribunal entra em recesso até amanhã.

A viravolta do caso excitou enorme interesse entre o público em geral. Os comentários da imprensa foram limitados pelo fato de que o julgamento estava ainda indeciso, mas por toda parte levantava-se a questão de até que ponto a declaração de *Miss* Morton seria verdadeira, e de até que ponto poderia ser um ousado estratagema com o fito de salvar o irmão. O dilema óbvio em que assim se colocava o doutor ausente era que, na extraordinária hipótese de ele estar vivo, então recairia sobre ele a responsabilidade pela morte do desconhecido que a ele tanto se assemelhava, e que fora encontrado em seu gabinete. A carta que *Miss* Morton se recusava a exibir seria quiçá uma confissão de culpa, e possivelmente ela estaria na terrível conjuntura de só poder salvar o irmão da forca pelo sacrifício do seu antigo amor.

Na manhã seguinte o tribunal estava à cunha, e um murmúrio excitado percorreu a assistência quando *Mr.* Humphrey foi visto entrar num estado de emoção que mesmo os seus nervos treinados não podiam esconder, e conferenciar com seu oponente. Algumas palavras apressadas – palavras que deixaram uma expressão de pasmo na fisionomia de *Mr.* Porlock Carr – foram trocadas, e em seguida o advogado de defesa, dirigindo-se ao juiz, anunciou que, com o consenso da promotoria, a moça que testemunhara na sessão anterior não seria chamada novamente.

O Juiz: Mas, *Mr.* Humphrey, creio que o senhor deixou as coisas num pé muito insatisfatório.

*Mr.* Humphrey: Talvez, Meritíssimo, minha próxima testemunha possa ajudar-nos a esclarecê-las.

O Juiz: Então chame a sua próxima testemunha.

*Mr.* Humphrey: Chamo o dr. Aloysius Lana.

Ao longo de sua carreira, o experiente advogado proferira muitas frases de efeito, mas certamente jamais produzira tamanha comoção com uma sentença tão curta. O tribunal ficou simplesmente boquiaberto quando o próprio homem cuja sorte tantas controvérsias provocara apareceu em pessoa diante dele no banco das testemunhas. Dentre os espectadores, os que o conheciam de Bishop's Crossing viam-no agora magro e emaciado, com fundas rugas de preocupação na face. Mas, a despeito do aspecto tristonho e da expressão acabrunhada, poucos poderiam afirmar já ter visto um homem de presença mais patrícia. Com uma inclinação para o juiz, ele perguntou se lhe seria permitido fazer uma declaração, e, tendo sido devidamente informado de que o que quer que dissesse poderia ser usado contra ele, curvou-se novamente e prosseguiu:

– Meu desejo – disse ele – é nada esconder, mas dizer com toda a franqueza o que ocorreu na noite de 21 de junho. Tivesse eu sabido que inocentes estavam sofrendo e que tantos percalços estavam sendo causados àqueles a quem mais amo neste mundo, ter-me-ia apresentado há muito tempo; mas houve razões impedindo que essas circunstâncias chegassem ao meu conhecimento. Meu desejo era que um homem infeliz desaparecesse do mundo que o conhecera, mas eu não previra que outros seriam afetados por meus atos. Tanto quanto me seja possível, quero agora reparar o mal que causei.

"A quem quer que conheça a história da República Argentina o nome Lana deve ser familiar. Meu pai, descendente da mais nobre estirpe da velha Espanha, ocupou os mais altos cargos do Estado, e teria chegado a presidente, não tivesse morrido nos motins de San Juan. Uma carreira brilhante estaria reservada para Ernesto, meu irmão gêmeo, e para mim, se a ruína financeira não nos tivesse obrigado a trabalhar para viver. Perdoe-me, Excelência, se estes pormenores aparentam ser irrelevantes, mas eles constituem uma introdução indispensável ao que virá a seguir.

"Como disse, eu tinha um irmão gêmeo chamado Ernesto, cuja parecença comigo era tal que mesmo quando estávamos juntos as pessoas não nos podiam distinguir. Nos menores detalhes nós éramos exatamente idênticos. Com o passar dos anos a semelhança tornou-se menos marcada porque a nossa expressão não era a mesma, mas com nossas feições em repouso as diferenças eram ínfimas.

"Não seria decoroso falar mal de um morto, ainda mais em se tratando do meu único irmão, e eu deixo a apreciação do seu caráter aos que o conheceram bem. Direi apenas – porque *tenho* de dizê-lo – que desde quando atingi a puberdade ele passou a inspirar-me horror, e que não me faltavam razões para a aversão que me transia. Minha reputação sofria as conseqüências dos seus atos, pois a nossa semelhança resultava em que muitos deles me fossem atribuídos. Até que, num lance particularmente escabroso, ele deu jeito de fazer com que a repulsa geral se voltasse contra mim, de tal modo que me vi forçado a deixar a Argentina para sempre, e procurar uma carreira na Europa. O fato de me ver livre da sua odiosa presença compensou-me amplamente a perda do meu país. Eu tinha meios suficientes para custear meus estudos médicos em Glasgow, e finalmente fui exercer minha profissão em Bishop's Crossing, com a firme convicção de que naquele remoto lugarejo do Lancashire eu nunca mais ouviria falar dele.

"Durante anos minhas esperanças se cumpriram, até que um dia ele me descobriu. Alguém de Liverpool esteve em Buenos Aires e o pôs na minha pista. Ele perdera todo o seu dinheiro, e propôs-se vir atrás de mim e partilhar o meu. Ciente do horror que me inspirava, imaginou acertadamente que eu me disporia a comprá-lo. Recebi dele uma carta anunciando a sua vinda. Foi por ocasião de uma crise em meus próprios negócios, e a sua chegada oferecia grande probabilidade de acarretar dissabores, e até desonra, para alguém que me cabia de modo especial proteger de qualquer dano dessa espécie. Tomei medidas no sentido de que qualquer mal superveniente recaísse tão-somente sobre mim, e isto" – aqui ele voltou-se e olhou para o acusado – "motivou de minha parte uma conduta que foi ajuizada com excessivo rigor. Meu único móbil foi escudar os que me eram caros contra qualquer possível ligação com o vexame e o vilipêndio. Que o vexame e o vilipêndio viriam com meu irmão é dizer simplesmente que o que sucedera antes sucederia outra vez.

"Meu irmão chegou uma noite, não muito depois da carta. Eu estava sentado em meu gabinete de trabalho, e as criadas já se tinham recolhido, quando ouvi passos no cascalho do jardim, e daí a pouco vi-lhe o rosto espiando-me pela janela. Ele o tinha escanhoado como eu, e a semelhança entre nós era tal que, por um momento, julguei ver o meu próprio rosto refletido no vidro. Ele usava um tapa-olho escuro, mas nossas feições eram exatamente iguais. Então ele sorriu do modo sardônico que era a sua marca registrada desde a meninice, e eu soube que era o mesmo irmão que me expulsara da minha terra natal e lançara a vergonha sobre o que fora um nome honrado. Fui até a porta e deixei-o entrar. Isso foi por volta das dez horas da noite.

"Quando ele entrou no clarão do abajur, vi de imediato que passara maus pedaços. Viera a pé de Liverpool, estava cansado e doente. A fisionomia dele chocou-me. Minha experiência médica disse-me que havia uma grave doença interna. Além disso, ele andara bebendo, e tinha equimoses no rosto, resultado de uma rixa com marinheiros. Era para esconder um olho contundido que ele usava um tapa-olho, e ele o tirou quando entrou no gabinete. Vestia uma camisa de flanela e um grosso jaquetão de marinheiro, e os dedos dos pés espiavam pelos buracos das botas. Mas a sua indigência só fizera aumentar-lhe o rancor em relação a mim. Seu ódio atingira as proporções de uma mania. Ele estava convencido de que eu nadava em dinheiro na Europa enquanto ele morria de fome na América. Não posso repetir as ameaças e insultos que ele me despejou. Minha impressão é que a miséria e o deboche lhe haviam transtornado o juízo. Ele andava à volta da sala como uma fera selvagem, pedindo bebida, pedindo dinheiro, e tudo na mais sórdida linguagem. Eu sou um homem de temperamento irritável, mas graças a Deus posso afirmar que conservei o autodomínio e que não levantei um único dedo contra ele. Minha frieza só fez exasperá-lo mais. Ele esbravejou, praguejou, sacudiu os punhos para mim, e de repente um terrível espasmo contorceu-lhe as feições, ele levou a mão ao peito, e com um grande grito abateu-se a meus pés como uma trouxa. Levantei-o e o estendi sobre o sofá, mas aos meus chamamentos não houve resposta, e a sua mão que eu segurava na minha estava fria e pegajosa. Seu coração enfermo sucumbira. Sua própria violência o matara.

"Por um longo tempo quedei como num sonho mau, a contemplar o cadáver do meu único irmão. Fui despertado pelas batidas de *Mrs.* Woods, que se alarmara com aquele grito de agonia. Mandei-lhe que voltasse para a cama. Pouco depois uma cliente bateu à porta lateral, mas não lhe dei atenção e ela se retirou. Aos poucos, enquanto eu me demorava ali sentado, um plano foi tomando forma em minha cabeça, à maneira curiosamente automática em que os planos se formam. Quando me levantei da cadeira, meus próximos passos estavam decididos sem que eu tivesse consciência de um processo racional. Era um instinto que irresistivelmente me inclinava para um rumo definido.

"Desde aquele revés financeiro a que aludi, Bishop's Crossing se me tornara odiosa. Meus planos de vida estavam por terra, e eu sofrera julgamentos apressados e maus tratos onde esperara solidariedade. É verdade que o risco de um escândalo cessara com a morte de meu irmão; mas ainda assim eu sentia a mágoa do que se passara, e sentia que as coisas nunca voltariam a ser como foram. Talvez eu me mostrasse excessivamente suscetível, e não visse com a devida tolerância as atitudes alheias, mas meus sentimentos eram tais como os descrevo. Qualquer ensejo de deixar para trás Bishop's Crossing e seus habitantes seria bem-vindo. E agora o ensejo se apresentava de um modo que eu nunca sequer imaginara, um ensejo de romper totalmente e para sempre com o meu passado.

"Ali estava o cadáver deitado no sofá, tão parecido comigo que, a não ser por um certo espessamento e embrutecimento das feições, não havia diferença alguma. Ninguém o vira chegar e ninguém lhe daria pela falta. Ambos tínhamos o rosto rapado e os cabelos mais ou menos do mesmo comprimento. Se eu trocasse de roupa com ele, o dr. Aloysius Lana seria encontrado morto em seu gabinete, e teria sido o fim de um homem fracassado e de uma carreira frustrada. Eu tinha uma boa soma de dinheiro vivo guardada no cofre, e podia levá-la comigo para começar uma nova vida em outras terras. Nas roupas do meu irmão, podia partir à noite sem ser percebido e caminhar até Liverpool, e naquele grande porto não me seria difícil encontrar um meio de deixar o país. Após o malogro das minhas esperanças, uma existência humilde onde ninguém me conhecesse era muito preferível, no meu sentir, à minha clínica, por bem-sucedida que fosse, em Bishop's Crossing, onde a qualquer momento eu arriscava dar de encontro com pessoas que queria, se possível, esquecer. Decidi levar a cabo a mudança.

"E assim fiz. Não entrarei em minúcias, pois a lembrança é tão penosa quanto a experiência; mas uma hora depois meu irmão jazia em minhas roupas sem exceção de uma peça, enquanto eu me esgueirava pela porta lateral, saía pelos fundos e, tomando por um trilho que cruzava as plantações, punha-me a caminho de Liverpool, aonde cheguei na mesma noite. Uma maleta de dinheiro e um certo retrato foi tudo que levei da casa. Na pressa de partir, deixei para trás a pala que meu irmão usara no olho. Tudo o mais que pertencia a ele eu levei comigo.

"Dou-lhe a minha palavra, Excelência, que nem por um instante me ocorreu a idéia de que pudessem pensar que eu fora assassinado, ou de que alguém se visse em sério perigo em razão do estratagema com que tentei encetar uma nova existência neste mundo. Ao contrário, era a intenção de libertar outras pessoas do fardo da minha presença que principalmente me animava.

"Um veleiro estava zarpando de Liverpool nesse mesmo dia com destino a Corunha, e eu tomei passagem nele, pensando que a viagem me daria tempo para recobrar a calma e meditar o futuro. Mas antes da partida, minha resolução fraquejou. Refleti que existia uma pessoa no mundo a quem eu não queria causar uma hora de tristeza. Ela guardaria o luto em seu coração, por implacáveis e hostis que fossem os seus parentes. Ela entendeu e aceitou as razões que me levaram a agir como agi, e, por mais que o resto da família me houvesse condenado, ela, pelo menos, não esqueceria. Assim mandei-lhe um bilhete sob penhor de sigilo para poupar-lhe uma dor sem fundamento. Se sob a injunção dos acontecimentos ela quebrou esse penhor, eu lhe afirmo o meu total assentimento e o meu perdão.

"Só noite passada cheguei de volta à Inglaterra, e durante todo esse intervalo nada ouvira da comoção que a minha falsa morte originara, nem da acusação que pesava sobre *Mr.* Arthur Morton. Foi num jornal da noite que li um relato da sessão de ontem, e esta manhã apanhei o primeiro trem expresso para vir testificar a verdade."

Foi este o notável depoimento do dr. Aloysius Lana que pôs um termo inesperado ao julgamento. Uma investigação subseqüente comprovou-o ao ponto de localizar o barco que trouxera Ernesto Lana da América do Sul. Ao médico de bordo foi dado testemunhar que ele se queixara de um mal cardíaco durante a viagem e que os seus sintomas eram compatíveis com a espécie de morte descrita.

Quanto ao dr. Aloysius Lana, retornou à aldeia de que tão dramaticamente desaparecera, e uma completa reconciliação teve lugar entre ele e o jovem *esquire*, tendo este admitido que julgara mal os motivos do outro ao romper seu compromisso. A outra conciliação que se seguiu pode ser inferida de uma nota inserta numa importante coluna do *Morning Post*:

"Em 19 de setembro foi celebrado pelo Rev. Stephen Johnson, na igreja paroquial de Bishop's Crossing, o enlace matrimonial de Aloysius Xavier Lana, filho de Don Alfredo Lana, ex-primeiro-ministro da República Argentina, e Frances Morton, filha única do falecido James Morton, J. P., de Leigh Hall, Bishop's Crossing, Lancashire".

# A RELÍQUIA JUDAICA

Meu particular amigo Ward Mortimer foi um dos maiores entendidos do seu tempo em tudo que se relacionava à arqueologia oriental. Escrevera vastamente sobre o assunto, vivera dois anos numa tumba de Tebas enquanto escavava o Vale dos Reis, e finalmente causara uma enorme sensação exumando a suposta múmia de Cleópatra numa câmara secreta do Templo de Horo em File. Com um currículo como esse aos trinta e um anos de idade, era opinião geral que ele tinha pela frente uma carreira brilhante, e não foi surpresa quando foi nomeado conservador do Belmore Street Museum, o que significava um preletorado na Faculdade de Estudos Orientais, e rendas que caíram com a baixa das terras, mas permaneciam ainda a um nível ideal, suficientemente alto para encorajar um investigador, e não tão alto que o torne comodista.

Havia um único fator que tornava um pouco árdua a posição de Ward Mortimer no Belmore Street Museum, e este era a extrema eminência do homem que ele iria suceder. O professor Andreas era um erudito consumado e de fama internacional. Seus cursos eram freqüentados por estudantes de todas as partes do mundo, e a maneira como ele zelava pelo acervo confiado à sua guarda era comentada em todas as sociedades eruditas. Houve portanto grande espanto quando, aos cinqüenta e cinco anos de idade, ele se demitiu do cargo e afastou-se das funções que tinham sido o seu prazer tanto quanto o seu meio de vida. Ele e a filha deixaram o confortável apartamento que fora a sua residência oficial ligada ao museu, e meu amigo Mortimer, que era solteiro, nele se instalou.

Ao saber da designação de Mortimer, o professor Andreas escrevera-lhe uma carta muito gentil e lisonjeira em que o felicitava. Por sinal eu estive presente ao seu primeiro encontro e percorri com Mortimer o museu, quando o professor nos mostrou a admirável seleção que por tanto tempo e com tanto desvelo custodiara. A bela filha do professor e um jovem, capitão Wilson, que, ao que entendi, deveria desposá-la em breve, acompanharam-nos em nossa inspeção. Eram quinze salas, sendo que a síria, a babilônia e o salão central, que continha a coleção judaica e a egípcia, eram as melhores. O professor Andreas era um homem seco, calado, envelhecido, com um rosto escanhoado e um ar impassível, mas seus olhos escuros se iluminavam e a fisionomia ganhava vida e mobilidade quando, entusiasticamente, nos apontava a raridade ou a beleza de alguma de suas peças. Afagando-as demoradamente, patenteava o orgulho que sentia delas e a dor que lhe afligia o coração ao transferi-las aos cuidados de outrem.

Ele nos mostrara sucessivamente suas múmias, seus papiros, seus escaravelhos, suas inscrições, sua relíquia hebraica e sua duplicata do famoso candelabro de sete braços do Templo, levado por Tito para Roma e que alguns supõem estar até hoje no fundo do Tibre. Então dirigiu-se a uma vitrina colocada bem no centro do salão e olhou pelo vidro em atitude reverente.

– Isto não é novidade para um conhecedor como o senhor, *Mr.* Mortimer – disse ele. – Mas seu amigo *Mr.* Jackson, imagino, há de achá-lo interessante.

Inclinando-me sobre a vitrina, vi um objeto quadrado de umas cinco polegadas de lado, consistindo em doze pedras preciosas numa armação de ouro, com ganchos dourados em dois dos seus vértices. As pedras eram de espécies e cores diferentes, mas todas do mesmo tamanho. Seu formato, arranjo e gradação de tons fizeram-me lembrar uma caixa de aquarelas. Cada pedra tinha um hieróglifo riscado na superfície.

– Já ouviu falar no urim, *Mr.* Jackson?

Eu já ouvira o termo, mas a noção que tinha do seu significado era extremamente vaga.

– Urim e tumim eram os nomes dados ao racional, o peitoral ornado de jóias que era usado pelo sumo sacerdote dos judeus. Inspirava um sentimento de respeito todo especial – como o de um romano antigo em relação aos livros sibilinos do Capitólio. Como vê, são doze gemas magníficas, com caracteres místicos gravados. A partir do canto esquerdo superior, as pedras são cornalina, peridoto, esmeralda, rubi, lápis-lazúli, ônix, safira, ágata, ametista, topázio, berilo e jaspe.

Eu estava atônito ante a variedade e beleza das pedras.

– Esta peça tem alguma história especial? – perguntei.

– É extremamente antiga e de um valor incalculável – disse o professor Andreas. – Embora nos faltem elementos de certeza absoluta, temos boas razões para crer que este seja o urim original do Templo de Salomão. O certo é que não existe nada de tão precioso em qualquer museu da Europa. Meu amigo aqui, o capitão Wilson, é uma autoridade em pedras preciosas, e pode atestar a pureza destas.

O capitão Wilson, um homem de rosto moreno, duro e incisivo, estava parado com a noiva do lado oposto da vitrina.

– De fato – disse secamente. – Nunca vi pedras mais finas.

– O lavor em ouro também é digno de nota. Os antigos exceliam em...

Aparentemente ele ia apontar o engaste das pedras quando o capitão Wilson o interrompeu.

– Os senhores verão um exemplo ainda mais notável de ourivesaria neste candelabro – disse ele passando a outra estante, e todos fizemos eco à sua admiração ante a haste trabalhada e os braços delicadamente ornamentados. Foi certamente uma experiência nova e fascinante ver objetos tão raros explicados por tão grande autoridade; e quando, finalmente, o professor Andreas encerrou nossa inspeção, transferindo oficialmente a preciosa coleção à guarda do meu amigo, não pude deixar de lamentá-lo e de invejar seu sucessor, que dedicaria a vida a uma função tão aprazível. Em uma semana, Ward Mortimer estava devidamente instalado em seus novos aposentos e assumira o governo do Belmore Street Museum.

Uns quinze dias depois meu amigo ofereceu uma pequena ceia a meia dúzia de amigos solteiros para celebrar sua promoção. Quando os convidados estavam de saída ele puxou-me pela manga e fez-me sinal de que queria que eu ficasse.

– Você não tem mais que umas poucas centenas de jardas para andar – disse ele. (Eu morava numa casa de cômodos no Albany.) – Fique mais um pouco e fume um charuto comigo. Gostaria de pedir-lhe um conselho.

Deixei-me cair novamente numa poltrona e acendi um dos seus excelentes Matronas. Depois de ter acompanhado à porta o último dos seus convivas, ele tirou uma carta do bolso da casaca e sentou-se à minha frente.

– É uma carta anônima que recebi esta manhã – disse. – Quero que a ouça e que me dê seu parecer.

– Com prazer, pelo que possa valer.

– Ouça: "Senhor – recomendo-lhe enfaticamente que vigie com muito cuidado os muito valiosos objetos cometidos a seu cargo. Não creio que o atual sistema de um único guarda seja suficiente. Esteja prevenido, ou uma desgraça irreparável poderá acontecer".

– É tudo?

– Sim, é tudo.

– Bem – disse eu –, pelo menos é óbvio que ela foi escrita por uma das poucas pessoas que sabem que você dispõe de um único vigia à noite.

Ward Mortimer estendeu-me a nota, com um sorriso enigmático.

– Você entende de caligrafia? – perguntou-me. – Veja isto. – Pôs outra carta diante de mim. – Olhe o *e* em "congratulações" e o *c* em "cometidos". Olhe o I maiúsculo. Repare o detalhe de marcar um traço em vez de um ponto!

– Sem dúvida são da mesma mão... com uma certa tentativa de disfarce no caso da primeira.

– A segunda – disse Ward Mortimer – é a carta de felicitações que recebi do professor Andreas por ocasião da minha indicação.

Encarei-o espantado. Depois virei a carta que tinha na mão, e, com efeito, lá estava a assinatura "Martin Andreas" no verso. Não cabia dúvida, para quem tivesse a mais ligeira noção da ciência da grafologia, de que o professor escrevera a carta anônima advertindo o seu sucessor contra os ladrões. Era estranho, mas incontestável.

– Por que ele faria isso? – perguntei.

– É exatamente o que lhe pergunto. Se ele tinha tais preocupações, por que não me veio dizer diretamente?

– Pretende falar-lhe a respeito?

– Esta é a minha outra dúvida. Ele poderá negar ser o autor da carta.

– Seja como for – disse eu –, o aviso é bem-intencionado, e eu o acataria. Será que as precauções presentes são bastantes para prevenir um roubo?

– Penso que sim. O museu só é aberto ao público das dez às cinco, e então existe um guarda para cada duas salas. Ele fica à porta de comunicação, e assim controla as duas.

– E à noite?

– Quando não há mais visitantes, colocamos imediatamente as grandes grades de ferro, que são absolutamente à prova de assalto. O vigia é um sujeito competente. Fica postado na saleta da entrada, mas faz a ronda a cada três horas. Durante toda a noite nós mantemos uma luz acesa em cada sala.

– É difícil sugerir alguma coisa mais, exceto estender à noite a vigilância do dia.

– Isso não podemos custear.

– Você pode entender-se com a polícia e pedir uma guarda especial na rua – disse eu. – Quanto à carta, já que o missivista prefere o anonimato, penso que tem direito a ele. Esperemos que o futuro demonstre uma razão para o curioso expediente que ele empregou.

Com isto pusemos o assunto de parte, mas nessa noite, de volta ao meu quarto, fiquei a dar tratos à bola tentando imaginar que motivo podia ter levado o professor Andreas a escrever uma carta anônima de advertência ao seu sucessor – pois de que a letra era dele eu tinha tanta certeza como se o tivesse visto escrevê-la. Ele previa algum perigo para a coleção. Teria sido por prevê-lo que renunciara ao encargo de guardá-la? Mas, se assim fosse, por que relutaria ele em prevenir Mortimer em seu próprio nome? Parafusei e parafusei até que por fim caí num sono agitado, do qual acordei além da minha hora habitual.

Fui despertado de um modo inusitado e radical, pois por volta das nove da manhã meu amigo Mortimer irrompeu no meu quarto com uma expressão consternada no rosto. De ordinário ele era o homem mais bem-posto que eu conhecia. Agora trazia o colarinho solto numa ponta, a gravata abanando, o chapéu caído para a nuca. Li nos seus olhos desvairados o que se passara.

– O museu foi roubado! – exclamei, sentando-me na cama de um salto.

– Acho que sim! Aquelas pedras! As pedras do urim! – disse ele entrecortadamente, pois viera correndo e estava sem fôlego. – Estou indo ao posto de polícia. Vá ao museu logo que possa, Jackson! Até já!

Precipitou-se às tontas pela porta do quarto e eu ouvi o estrépito dos seus passos na escada.

Não me demorei em seguir-lhe as instruções, mas ao chegar vi que ele já estava de volta em companhia de um inspetor de polícia e de um cavalheiro idoso que fiquei sabendo ser *Mr.* Purvis, um dos sócios da Morson and Company, famosos negociantes de pedras preciosas. Como perito no ramo, ele era sempre convocado para assistir a polícia. Estavam agrupados à volta da vitrina onde o racional estivera exposto. O racional fora tirado do lugar e colocado sobre o tampo de vidro da vitrina, e as três cabeças estavam inclinadas sobre ele.

– É evidente que ele foi mexido – disse Mortimer. – Percebi de pronto quando passei pela sala esta manhã. Eu o examinei ontem à noite, portanto é certo que isso aconteceu durante a noite.

Era evidente, como ele dissera, que alguém manipulara a peça. Os engastes da primeira carreira de pedras – cornalina, peridoto, esmeralda, rubi – estavam ásperos e denteados como se alguém os tivesse raspado a toda volta. As pedras estavam no lugar, mas o belo lavor em ouro que poucos dias antes estivéramos admirando fora desastradamente maltratado.

– Ao que parece – disse o inspetor de polícia – alguém tentou extrair as pedras.

– Meu receio – disse Mortimer – é que tenham não apenas tentado como conseguido. É possível que essas quatro pedras sejam hábeis imitações substituindo as originais.

A mesma suspeita ocorrera evidentemente ao perito, pois ele estava examinando cuidadosamente as quatro pedras com auxílio de uma lupa. Em seguida executou diversos testes e por fim voltou-se prazenteiramente para Mortimer.

– Eu o felicito, senhor – disse com efusão. – Empenho o meu renome em que todas estas quatro pedras são genuínas, e de um raro grau de pureza.

O rosto transtornado do meu pobre amigo começou a recobrar a cor, e ele deixou escapar um fundo suspiro de alívio.

– Graças a Deus! – exclamou. – Mas então que diabo queria esse ladrão?

– Provavelmente pretendia retirar as pedras e foi interrompido.

– Neste caso seria de esperar que ele as tentasse retirar uma a uma, mas os quatro engastes foram forçados, e no entanto as pedras estão todas aí.

– De fato é extraordinário – disse o inspetor. – Nunca vi um caso como este. Vamos falar com o guarda.

Convocou-se o vigia – um homem de porte militar e cara honesta, que parecia tão consternado quanto Ward Mortimer com o incidente.

– Não, senhor, não ouvi nada – disse ele em resposta às perguntas do inspetor. – Fiz a minha ronda quatro vezes, como de costume, e não vi nada de suspeito. Há dez anos que exerço esta função e nunca me aconteceu nada de parecido.

– Não poderia ter entrado alguém por uma janela?

– Impossível, senhor.

– Ou pela porta sem que o senhor visse?

– Não, senhor. Não me afastei do meu posto a não ser para fazer as minhas rondas.

– Que outras aberturas existem no museu?

– Há a porta que dá para os aposentos particulares de *Mr.* Ward Mortimer.

– Essa fica trancada à noite – explicou o meu amigo. – E de qualquer modo, para chegar a ela vindo da rua é preciso passar pela porta externa.

– Seus criados?

– Os alojamentos são inteiramente isolados.

– Hum! – disse o inspetor. – É tudo muito estranho. Em todo caso, não houve prejuízo, segundo *Mr.* Purvis.

– Estou pronto a jurar que aquelas pedras são autênticas.

– Portanto, tudo indica ser um caso de mero vandalismo. Mesmo assim eu gostaria de examinar o prédio, a ver se se encontra algum vestígio que nos possa dizer quem foi o visitante.

A investigação, que ocupou toda a manhã, foi meticulosa e inteligente, mas não conduziu a coisa alguma. Ele nos fez ver que havia dois outros acessos possíveis ao museu que nós não tínhamos considerado. Um pelo porão, através de um alçapão que abria para o corredor. Outro pela clarabóia do sótão de despejo, que dava exatamente para a sala onde o intruso penetrara. Visto que tanto no porão como no sótão era impossível entrar, a menos que o ladrão já estivesse dentro por trás das portas trancadas, o ponto carecia de importância prática, e a poeira nos dois compartimentos revelou que ninguém fizera uso de um ou de outro. Ao final, estávamos como no ponto de partida, sem a menor pista quanto a como, por que ou por quem o engaste das quatro pedras tinha sido remexido.

Restava a Mortimer um único caminho, e ele o seguiu. Deixando a polícia entregue às suas buscas estéreis, pediu-me que o acompanhasse à tarde numa visita ao professor Andreas. Levou consigo as duas cartas, na intenção de imputar abertamente ao seu predecessor o aviso anônimo, e de intimá-lo a que explicasse o fato de ter previsto tão exatamente o que com efeito acontecera. O professor estava morando numa pequena vila em Upper Norwood, mas uma criada informou-nos que ele não estava em casa. Vendo o nosso desapontamento, perguntou-nos se não gostaríamos de falar com *Miss* Andreas, e fez-nos entrar na modesta sala de visitas.

Já mencionei de passagem que a filha do professor era uma moça extremamente bonita. Loura, alta e graciosa, tinha a tez daquele tom delicado a que os franceses chamam "mat", a cor do marfim velho, ou das pétalas mais claras da rosa-damascena. Chocou-me, entretanto, quando ela entrou na peça, ver o quanto ela mudara na última quinzena. Seu rosto jovem estava desfigurado e os grandes olhos nublados de inquietude.

– Papai foi para a Escócia – disse ela. – Ele parece cansado, e tem tido uma série de aborrecimentos. Viajou ontem.

– A senhorita também parece um pouco cansada – disse Mortimer.

– Tenho estado muito preocupada com papai.

– Pode dar-me o seu endereço na Escócia?

– Sim, ele está com um irmão, o Rev. David Andreas, Arran Villas, 1, Ardrossan.

Ward Mortimer tomou nota do endereço, e saímos sem nada dizer do objetivo da nossa visita. À noite, na Belmore Street, vimo-nos exatamente na mesma posição em que estávamos de manhã. Nossa única pista era a carta do professor, e o meu amigo já estava disposto a embarcar para Ardrossan no dia seguinte e esclarecer de uma vez por todas a questão da carta, quando um fato novo veio alterar-nos os planos.

Na manhã seguinte fui despertado por batidas à porta do meu quarto. Era um mensageiro com uma nota de Mortimer.

"Venha para cá", rezava ela, "o caso está se tornando mais e mais extraordinário".

Obedecendo ao chamado, encontrei-o a andar nervosamente de um lado para outro no salão central, com o ex-soldado que guardava o prédio rigidamente perfilado a um canto.

– Meu caro Jackson – exclamou ele –, que bom que você veio. A coisa é totalmente incompreensível.

– O que aconteceu desta vez?

Ele apontou a vitrina que continha o racional.

– Dê uma olhada – disse.

Olhei, e não pude reprimir uma exclamação de espanto. O engaste da série intermediária de pedras fora danificado de maneira idêntica à da parte superior. Das doze gemas, oito tinham sido esgravatadas daquele modo inexplicável. O engaste das quatro inferiores estava liso e perfeito. Os outros, escalavrados e irregulares.

– Houve alteração nas pedras? – perguntei.

– Não, tenho certeza que as de cima são as mesmas que o perito declarou verdadeiras, pois reparei ontem naquela ligeira descoloração na borda da esmeralda. Já que estas não foram retiradas, não há razão para pensar que as outras tenham sido trocadas. Você afirma que não ouviu nada, Simpson?

– Não, senhor – respondeu o vigia. – Mas quando fiz a minha ronda depois do amanhecer, fiz questão de examinar especialmente estas pedras e logo percebi que alguém tinha bulido nelas. Foi quando eu o chamei, senhor, e lhe informei. Passei toda a noite a andar de um lado para outro; não vi ninguém e não ouvi o menor som.

– Venha tomar café comigo – disse Mortimer, e fez-me subir ao seu apartamento. – Diga-me, Jackson, o que pensa você de tudo isso?

– É a coisa mais gratuita, estúpida e disparatada de que já ouvi falar. Só pode ser obra de um maníaco.

– É capaz de formular alguma teoria?

Uma idéia curiosa veio-me à cabeça.

– Esse objeto é uma relíquia judaica de grande antigüidade e santidade – respondi. – Quem sabe um movimento anti-semita? É concebível que um fanático adepto dessa doutrina se dispusesse a profanar...

– Não, não, não! – contrapôs Mortimer. – De jeito nenhum! Um homem desse tipo poderia levar a sua loucura ao ponto de destruir uma relíquia hebréia; mas por que cargas-d'água haveria de escarvar ao redor de cada pedra tão cuidadosamente que só dá conta de quatro numa noite? Tem de haver uma resposta melhor, e nós temos de encontrá-la por nós mesmos, pois não creio que o nosso inspetor possa ajudar-nos. Para começar, o que acha de Simpson, o porteiro?

– Você tem algum motivo para suspeitar dele?

– Apenas o fato de ser ele a única pessoa no prédio.

– Mas por que haveria ele de entregar-se a esse vandalismo fútil? Nada foi levado. Ele não tem motivo.

– Alienação mental?

– Não. Eu juraria que ele é perfeitamente são.

– Alguma outra teoria?

– Bem, você, por exemplo. Tem certeza de que não é sonâmbulo?

– Posso garantir-lhe que não.

– Então desisto.

– Mas eu não. E tenho um plano que vai permitir-nos esclarecer tudo.

– Falar com o professor Andreas na Escócia?

– Não, não precisaremos ir tão longe. Vou lhe dizer o que vamos fazer. Sabe aquela clarabóia que dá para o salão central? Vamos deixar as luzes acesas no salão e vamos montar guarda no sótão, você e eu, e resolver o enigma por nossa própria conta. Se o nosso visitante misterioso se ocupa de quatro pedras de cada vez, ainda lhe faltam quatro, e é mais do que provável que vai voltar esta noite para completar o seu trabalho.

– Ótima idéia! – exclamei.

– Vamos manter isto entre nós. Não diremos nada à polícia, nem a Simpson. Você vem comigo?

– Com muito prażer. – E assim ficamos combinados.

Eram dez horas da noite quando voltei ao Belmore Street Museum. Mortimer, ao que pude notar, estava num estado de excitação nervosa reprimida, mas ainda era cedo para começarmos a nossa vigília. Assim, ficamos cerca de um hora no apartamento, discutindo todos os aspectos daquele estranho caso que nos tínhamos proposto resolver. Por fim, a barulhenta torrente de cabriolés e o tropel de passos apressados declinou e tornou-se mais intermitente à medida que os freqüentadores da noite se dispersavam rumo às suas estações ou às suas casas. Era quase meia-noite quando acompanhei Mortimer ao sótão que dominava o salão central do museu.

Ele fora lá durante o dia e estendera alguns sacos no chão, de modo que pudéssemos deitar comodamente e espreitar o museu. A clarabóia era de vidro transparente, mas estava tão empoeirada que seria impossível para alguém olhando de baixo para cima perceber que estava sendo vigiado. Limpamos um pequeno trecho em cada canto, o que nos dava perfeita visão de toda a peça. Na luz branca e fria das lâmpadas elétricas, tudo se destacava claro e nítido, e eu enxergava os menores detalhes das várias vitrinas.

Uma vigília como aquela é uma excelente lição, pois não se tem alternativa que não examinar com atenção concentrada os objetos a que de ordinário dedicamos um módico interesse. Através do meu pequeno buraco de observação apliquei as horas escrutando cada exemplar, do enorme caixão de múmia encostado à parede àquelas mesmas jóias que eram o motivo da nossa presença, fulgindo e cintilando em sua caixa de vidro diretamente abaixo de nós. Havia muitos e preciosos trabalhos em ouro e muitas pedras valiosas espalhadas nas diversas caixas, mas a maravilhosa dúzia que formava o urim incandescia e faiscava com uma radiância que eclipsava de muito as demais. Estudei sucessivamente as pinturas tumulares de Sicara, os frisos de Carnaque, as estátuas de Mênfis e as inscrições de Tebas, mas meus olhos retornavam sempre àquela relíquia judaica, e minha mente ao mistério singular que a envolvia. Estava perdido nesses pensamentos quando meu companheiro fez ouvir um súbito arquejo e agarrou-me o braço num arrocho convulsivo. No mesmo instante via a causa da sua excitação.

Eu disse que contra a parede – à direita da porta (à direita do nosso ponto de vista, mas à esquerda de quem entrasse) – havia um grande ataúde de múmia. Para nosso indizível espanto, ele estava se abrindo lentamente. Devagar, muito devagar, a tampa estava girando, e a fenda negra que marcava a boca ia se alargando. Tão suave e cautelosa era a operação que o movimento era quase imperceptível. Então, enquanto olhávamos com a respiração suspensa, uma mão branca e fina surgiu na abertura empurrando a tampa pintada, depois outra mão, e finalmente um rosto – um rosto conhecido de nós ambos, o do professor Andreas. Sorrateiramente ele saiu do caixão, como uma raposa emergindo da toca, olhando incessantemente para um lado e para outro, avançando, parando, avançando outra vez, a própria imagem da manha e da prudência. A certa altura um som vindo da rua o petrificou, e ele quedou à escuta, a orelha fita, pronto a saltar de volta para o abrigo atrás de si. Depois deslizou de novo à frente nas pontas dos pés, muito, muito macia e lentamente, até alcançar a caixa no centro do salão. Ali tirou do bolso um molho de chaves, destrancou a caixa, retirou o racional, e, pousando-o sobre o vidro, pôs-se a trabalhá-lo com alguma espécie de pequena ferramenta que brilhava. Ele estava tão diretamente abaixo de nós que a sua cabeça curvada escondia o trabalho, mas nos era dado imaginar, pelos movimentos da mão, que ele estava empenhado em terminar a estranha desfiguração que começara.

Pela respiração opressa do meu companheiro, e pelo tremor da mão que ainda me aferrava o pulso, pude perceber a furiosa indignação que o avassalava ao ver aquele vandalismo, partindo, como partia, de onde menos era lícito esperar. Ele, o mesmo homem que quinze dias antes se curvara em reverência sobre aquela relíquia sem par, e que dissertara para nós sobre a sua antigüidade e santidade, estava agora entregue àquele inominável sacrilégio. Era impossível, impensável – e no entanto ali estava, aos nossos olhos, no clarão branco das lâmpadas elétricas, aquele vulto escuro com a cabeça grisalha debruçada e o cotovelo agitado. Que desumana hipocrisia, que odiosa intensidade de malevolência contra o seu sucessor devia animar aqueles labores noturnos! Era penoso de pensar e horrível de assistir. Até eu, que não tenho a fina sensibilidade de um conhecedor, estava achando insuportável seguir contemplando a mutilação deliberada de uma preciosidade tão antiga. Foi um alívio para mim quando o meu companheiro me puxou a manga como sinal para que eu o acompanhasse, e se esgueirou de manso da peça. Só quando chegamos aos seus próprios aposentos foi que ele abriu a boca, e eu li na sua face transtornada como era fundo o seu pesar.

– Aquele bárbaro execrável! – exclamou. – Quem diria?

– É assombroso.

– Ou ele é um canalha ou um lunático. Uma coisa ou outra. Logo saberemos qual. Venha comigo, Jackson, vamos tirar isso a limpo de uma vez por todas.

Havia uma porta ligando a passagem que era a entrada privada do apartamento ao museu. Ele a abriu de mansinho com sua chave, tendo antes tirado os sapatos, exemplo que eu segui. Avançamos pé ante pé por uma sucessão de salas, até que o grande salão se estendeu diante de nós, com o vulto escuro ainda recurvado e a trabalhar na caixa central. Num passo tão cauteloso quanto fora o dele fomos nos aproximando, mas apesar de toda a precaução não o surpreendemos totalmente. Estávamos ainda a uns doze passos de distância quando ele se voltou num sobressalto e, soltando um grito rouco de terror, disparou às tontas pelo museu.

– Simpson! Simpson! – berrou Mortimer, e à distância, no extremo de uma perspectiva de portas iluminadas, vimos surgir de repente a figura empertigada do antigo militar. O professor também o viu, e parou de correr, com um gesto de desalento. No mesmo instante cada um de nós deitou-lhe a mão ao ombro.

– Está bem, está bem, senhores – ele ofegou –, eu os acompanho. Ao seu aposento, *Mr.* Ward Mortimer, por favor! Eu sei que lhe devo uma explicação.

A indignação do meu amigo era tamanha que o impedia de falar. Escoltamos o velho professor, um de cada lado, com o vigia estupefato fechando o retaguarda. Ao chegarmos à vitrina violada, Mortimer parou e examinou o racional. Uma das pedras da fila inferior já tivera o seu engaste danificado como os outros. Meu amigo levantou-o e encarou furiosamente o prisioneiro.

– Como pôde fazer uma coisa dessas! – gritou-lhe. – Como pôde!

– É horrível... horrível! – gemeu o professor. – Compreendo como se sente. Leve-me ao seu apartamento.

– Mas isto não pode ficar assim exposto! – gritou Mortimer. Apanhou o racional e o carregou carinhosamente nas mãos, enquanto eu ladeava o velho, como um polícia conduzindo um malfeitor. Passamos aos aposentos de Mortimer, deixando para trás o atônito veterano para que tirasse as suas conclusões como pudesse. O professor deixou-se cair na poltrona de Mortimer, tão mortalmente pálido que por um instante a nossa revolta transformou-se em cuidado. Uma talagada de conhaque reanimou-o.

– Ah! agora estou melhor! – disse ele. – Estes últimos dias foram demais para mim. Estou certo de que não agüentaria mais tempo. É um pesadelo – um horrível pesadelo – eu ser preso como um ladrão no que foi por tanto tempo o meu museu. Mas não posso queixar-me. Os senhores não podiam ter feito outra coisa. Minha esperança sempre foi acabar com tudo antes de ser surpreendido. Esta noite eu teria terminado o meu trabalho.

– Como conseguiu entrar? – perguntou Mortimer.

– Tomando uma grande liberdade com a sua entrada particular. Mas o fim o justificava. O fim justificava tudo. O senhor não vai ficar zangado quando souber tudo – pelo menos não comigo. Eu tinha uma chave da sua porta lateral e outra da porta do museu. Não as entreguei quando parti. Como vê, não foi difícil entrar no museu. Eu chegava cedo, antes que cessasse o movimento da rua. Então me escondia no caixão da múmia, e ali me refugiava cada vez que Simpson fazia a sua ronda. Sempre ouvia quando ele vinha chegando. E saía da mesma forma como entrava.

– Era um risco.

– Eu tinha de corrê-lo.

– Mas por quê? Que fim era esse, para que o *senhor* fizesse uma coisa dessas? – Mortimer apontou acusadoramente o racional colocado à frente dele sobre a mesa.

– Não havia outro meio. Eu pensei muito, mas não havia alternativa exceto um horrível escândalo público, e um pesar particular que teria ensombrado nossas vidas. Por incrível que possa parecer, o que fiz foi pelo melhor, e tudo que peço é a sua atenção para que eu possa prová-lo.

– Ouvirei o que tem a dizer antes de tomar outras providências – disse Mortimer sombriamente.

– Estou resolvido a nada esconder, e a confiar totalmente em ambos os senhores. Deixarei à sua generosidade o uso dos fatos que lhes vou expor.

– Já sabemos os essenciais.

– Mas ainda assim não compreendem nada. Permitam-me que recue ao que se passou algumas semanas atrás, e então ficará tudo esclarecido. Acreditem que o que vou dizer é a verdade exata e absoluta.

"Os senhores conheceram a pessoa que chama a si mesma capitão Wilson. Eu digo 'chama a si mesma' porque agora tenho razões de acreditar que não seja o seu verdadeiro nome. Levaria muito tempo se eu fosse descrever todos os recursos de que ele se valeu para ser-me apresentado e para insinuar-se em minha amizade e na afeição de minha filha. Ele trouxe cartas de colegas estrangeiros que me obrigaram a dar-lhe certa atenção. Depois, pelos seus próprios talentos, que são consideráveis, conseguiu fazer-se um visitante bem-vindo em minha casa. Quando eu soube que ele conquistara o afeto de minha filha, é possível que o tenha julgado prematuro, mas não me surpreendi, pois a fascinação das suas maneiras e da sua conversa tê-lo-iam destacado em qualquer sociedade.

"Ele se mostrava muito interessado em antigüidades orientais, e o seu conhecimento do assunto justificava o interesse. Muitas vezes, quando passava conosco um serão, pedia permissão para descer ao museu e ter uma oportunidade de examinar privadamente as várias peças. É fácil de imaginar que eu, como um entusiasta, via com bons olhos o pedido, e não me surpreendia com a constância das suas visitas. Depois do seu noivado com Elise, rara era a noite em que ele não viesse à nossa casa, e uma ou duas horas eram geralmente dedicadas ao museu. Ele tinha trânsito livre no prédio, e quando eu precisava sair não fazia objeção a deixá-lo em liberdade para fazer o que quisesse. Esse estado de coisas somente terminou quando renunciei ao cargo que ocupava e me retirei para Norwood, onde contava dispor de lazer para escrever uma extensa obra que vinha planejando.

"Foi logo depois disso – não mais que uma semana – que comecei a perceber a verdadeira índole e caráter do homem que tão impensadamente admitira em minha família. A descoberta decorreu de cartas recebidas de amigos meus do estrangeiro, pelas quais fiquei sabendo que as apresentações que ele me trouxera eram falsas. Pasmado ante a revelação, fiquei a perguntar-me que motivos teria aquele homem desde o início para impingir-me uma burla tão perfeita. Um homem pobre como eu não justificaria as manobras de um caça-dotes. Por que, então, ele viera a mim? Lembrei-me de que algumas das jóias mais preciosas da Europa tinham estado sob a minha guarda, e lembrei-me também dos pretextos engenhosos que ele usara para familiarizar-se com os locais em que elas eram guardadas. O sujeito era um patife que maquinava algum roubo gigantesco. Como poderia eu, sem ferir minha própria filha, apaixonada por ele, impedi-lo de levar avante quais fossem os seus planos? Meu expediente foi bastante desastrado, e no entanto não me ocorreu nada melhor. Se eu lhe tivesse escrito em meu próprio nome, o senhor naturalmente ter-me-ia pedido pormenores que eu não desejava fornecer. Recorri a uma carta anônima, pedindo-lhe que se tivesse vigilante.

"Seja dito que a minha mudança para Norwood não interrompeu as visitas do homem, que, acredito, alimentava em relação à minha filha um afeto profundo e verdadeiro. Quanto a ela, nunca imaginei que uma mulher pudesse submeter-se tão completamente à influência de um homem. Com sua natureza forte, ele a dominava inteiramente. Eu não me dera conta de a que ponto era este o caso, ou da extensão da confidência que existia entre eles, até uma certa noite em que pela primeira vez me foi dado conhecer claramente o seu caráter. Eu dera ordens no sentido de que, quando chegasse, ele fosse introduzido em meu gabinete de trabalho em lugar de na sala de visitas. Ali disse-lhe sem rodeios que sabia tudo a seu respeito, que tomara providências para frustrar-lhe os planos, e que nem eu nem minha filha desejávamos voltar a vê-lo. Acrescentei que agradecia a Deus por tê-lo desmascarado antes que ele pudesse causar dano àqueles objetos preciosos que eu dedicara a minha vida a proteger.

"Inegavelmente ele era um homem de nervos de aço. Recebeu meus reparos sem qualquer sinal de surpresa ou desafio, ouvindo grave e atentamente até que eu terminasse. Depois, sem uma palavra, cruzou o gabinete e fez soar a sineta.

"– Peça a *Miss* Andreas que tenha a bondade de vir até aqui – disse à criada.

"Minha filha entrou, e o homem fechou a porta atrás dela. Depois tomou-lhe a mão.

– Elise – disse ele –, seu pai acaba de descobrir que eu sou um bandido. Agora ele sabe o que você já sabia.

"Ela ficou calada, escutando.

"– Ele diz que nós temos de nos separar para sempre – disse ele.

"Ela não retirou a mão.

"– Você vai me ser leal, ou vai privar-me de uma boa influência que provavelmente nunca se repetirá em minha vida?

"– John – gritou ela apaixonadamente –, eu nunca o abandonarei! Nunca, nunca, nem que o mundo inteiro estivesse contra nós.

"Em vão argumentei e supliquei. Foi totalmente inútil. Ela entregara a sua vida àquele homem. Minha filha, senhores, é tudo que me resta para amar, e eu me enchi de desespero vendo-me impotente para salvá-la da ruína. Meu desamparo pareceu tocar aquele homem que era a causa do meu sofrimento.

"– Talvez eu não seja tão mau quanto imagina, senhor – disse ele à sua maneira calma e inflexível. – Eu amo Elise com um amor que é suficientemente forte para salvar até mesmo um homem com o meu passado. Ontem mesmo eu lhe prometi que nunca mais em toda a minha vida farei algo que possa envergonhá-la. Foi uma decisão que tomei, e até hoje eu jamais voltei atrás em uma decisão.

"Seu tom era convincente. Depois de falar, ele meteu a mão no bolso e tirou uma pequena caixa de cartão.

"– Vou dar-lhe uma prova das minhas intenções – disse. – Este, Elise, é o primeiro fruto da sua influência redentora sobre mim. O senhor tem razão, senhor, quanto aos planos que eu tinha para as jóias incumbidas à sua guarda. Eu me deixava fascinar por aventuras como essa, em função do risco oferecido, tanto quanto do valor da presa. As célebres e antiquíssimas pedras do sacerdote judeu eram um desafio ao meu engenho e coragem. Eu estava resolvido a deitar-lhes a mão.

"– Foi o que imaginei.

"– Mas há uma coisa que o senhor não imaginou.

"– O que é?

"– Eu as roubei. Estão nesta caixa.

"Ele abriu a caixa e derramou o conteúdo a um canto da minha mesa. Meus cabelos se eriçaram e minha carne gelou. Eram doze magníficas gemas gravadas com caracteres místicos. Não havia dúvida que eram as jóias do urim.

"– Deus do céu! – exclamei. – Como é possível que o roubo não tenha sido descoberto?

"– Elas foram substituídas por outras doze, que mandei fazer por encomenda especial; elas imitam tão perfeitamente as originais que o olho não percebe a diferença.

"– Então estas pedras são falsas?

"– Foram, durante algumas semanas.

"Quedamos todos em silêncio, minha filha pálida de emoção, mas ainda segurando a mão do homem.

"– Agora você sabe do que sou capaz, Elise – disse ele.

"– Sei que é capaz de arrependimento e restituição – respondeu ela.

"– Sim, graças à sua influência! Deixo estas pedras em suas mãos, senhor. Faça com elas o que achar melhor. Mas lembre-se de que o que fizer contra mim será feito contra o futuro marido da sua única filha. Elise, em breve você terá notícias minhas. Esta é a última vez que faço sofrer o seu meigo coração.

"E com estas palavras saiu da sala e da casa.

"Minha situação era horrível. Lá estava eu de posse das preciosas relíquias, e como devolvê-las sem escândalo e sem que a verdade fosse conhecida? Eu conhecia bem demais a natureza apaixonada de Elise para supor que me fosse possível separá-la desse homem, a quem ela entregara por completo o coração. Nem mesmo estava seguro de que seria justo fazê-lo, já que ela exercia sobre ele uma influência tão salutar. Como delatá-lo sem causar mal a ela – e até que ponto cabia-me o direito de delatá-lo quando ele voluntariamente se entregara em minhas mãos? Pensei e pensei, até que afinal adotei uma resolução que pode parecer-lhes insensata, mas ainda assim, se eu tivesse de tomá-la outra vez, acredito que seria ainda o melhor a fazer.

"Minha idéia era devolver as pedras sem que ninguém soubesse. Com minhas chaves eu podia entrar no museu a qualquer tempo, e estava certo de poder evitar Simpson, cujos métodos e horários me eram familiares. Resolvi não dividir com ninguém o meu segredo – nem mesmo com minha filha – a quem disse que ia à Escócia visitar meu irmão. Precisava de liberdade de ação durante algumas noites, sem perguntas sobre as minhas idas e vindas. Para isso aluguei um quarto na Harding Street essa mesma noite, dando a entender que era jornalista e que me recolhia muito tarde.

"Nessa noite fui ao museu e substituí quatro das pedras. Era um trabalho difícil, e tomou-me a noite inteira. Quando Simpson se aproximava eu lhe ouvia os passos e me escondia no caixão da múmia. Eu tenho algum conhecimento de ourivesaria. mas sou bem menos hábil do que o ladrão. Ele trocara os engastes tão perfeitamente que ninguém perceberia a diferença. Meu trabalho era inepto e tosco. Contudo, eu tinha a esperança de que ninguém examinasse atentamente o racional, e as imperfeições do engaste não fossem percebidas até que o meu cometimento estivesse terminado. Na noite seguinte troquei mais quatro pedras. E esta noite teria rematado a tarefa, não fosse a infortunada circunstância que acabou obrigando-me a revelar todas essas coisas que deviam ter permanecido ocultas. Dependerá dos senhores, cavalheiros, do seu senso de honra e compaixão, que as coisas que lhes contei passem ou não adiante. Meu bem-estar, o futuro de minha filha, as esperanças de regeneração de um homem, tudo depende da sua decisão."

– A qual é – disse o meu amigo – que tudo está bem quando acaba bem, e que o assunto está morto a partir deste momento. Amanhã os engastes serão corrigidos por um ourives competente, e assim cessa o maior perigo a que, desde a destruição do Templo, o urim esteve exposto. Aqui tem a minha mão, professor Andreas, e só me cabe desejar que em circunstâncias tão ingratas eu me tivesse conduzido com tanto altruísmo e elegância.

Um rápido posfácio a esta narrativa. Um mês depois Elise Andreas casou-se com um homem cujo nome, tivesse eu a indiscrição de mencioná-lo, empolgaria os meus leitores como um nome hoje largamente conhecido e merecidamente acatado. Mas, conhecida a verdade, as maiores honras seriam devidas não a ele, mas à mulher admirável que o fez recuar daquela estrada escura de que tão poucos retornam.

# A SALA DO PAVOR

A sala de estar dos Masons era um aposento singular. Uma parte era mobiliado com considerável luxo. Amplos sofás, poltronas fundas e suntuosas, eróticas estatuetas, ricas cortinas partindo do teto e biombos de metal lavrado formavam uma moldura apropriada à encantadora dama que era a senhora do solar. Mason, um jovem mas próspero homem de negócios, evidentemente não poupara esforços nem despesas para contentar cada desejo e cada capricho de sua linda consorte. Era natural que o fizesse, pois por causa dele ela abrira mão de muita coisa. A mais famosa bailarina da França, heroína de uma dúzia de fantásticos romances, renunciara a uma vida de brilho e prazer para partilhar a sorte do moço americano, cuja têmpera austera tão largamente diferia da sua. Em tudo que o dinheiro pudesse comprar, ele tentava compensá-la pelo que ela deixara para trás. Alguns o julgariam talvez de melhor gosto se ele não proclamasse o fato – se não chegasse mesmo a permitir que o divulgassem –, mas a menos de certas excentricidades como essa, seu comportamento era o de um marido permanentemente apaixonado. Nem mesmo a presença de estranhos o impedia de exibir publicamente a sua avassalante adoração.

Mas a sala era estranha. A princípio podia parecer comum No entanto, uma observação mais demorada revelava particulares sinistros. Um era o silêncio – um grande silêncio. Os pés não faziam o menor ruído naqueles grossos tapetes. Uma luta – mesmo a queda de um corpo – não produziria nenhum som. Ademais, era estranhamente incolor, numa luz que parecia sempre amortecida. A decoração não era uniforme. Dir-se-ia que o jovem banqueiro, tendo esbanjado milhares naquele *boudoir*, naquele escrínio encoberto onde guardava a sua preciosa propriedade, previra mal as despesas e fora refreado de repente por uma ameaça de insolvência. A sala era principesca na seção que dava para a rua populosa abaixo dela. Na parte oposta era nua, espartana, refletindo mais o gosto de um asceta que o de uma mulher amante dos prazeres. Seria a razão talvez por que ela só passava ali pequena parte do dia, às vezes um par de horas, às vezes quatro; mas nesse intervalo ela vivia intensamente, e naquela peça de mau agouro Lucille Mason era uma mulher inteiramente diferente e muito mais perigosa que em outro lugar qualquer.

Perigosa – era bem o termo. Quem duvidaria disso vendo-lhe a figura delicada estendida sobre a grande pele de urso que forrava o divã? Reclinada sobre um cotovelo, o queixo frágil mas voluntarioso descansando na mão, os olhos grandes e langorosos, adoráveis mas cruéis, dardejavam com uma intensidade fixa que encerrava em si qualquer coisa de terrível. Era um rosto encantador – um rosto de criança, mas a Natureza imprimira nela um estigma sutil, uma expressão indefinível que acusava um demônio emboscado em seu interior. Já fora observado que os cães fugiam dela, que as crianças choravam e evitavam suas carícias.

Naquela tarde alguma coisa a pusera em extrema agitação. Ela tinha na mão uma carta, e a lia e relia contraindo as delgadas sobrancelhas e apertando com enfado os lábios deleitáveis. De repente, teve um sobressalto, e uma sombra de receio amaciou-lhe a dureza felina das feições. Ela soergueu-se sobre um braço, e seus olhos fixaram-se na porta com ansiedade. Ficou a escutar atentamente – à espera de algo que temia. Momentaneamente, um sorriso de alívio brincou-lhe no rosto expressivo. Depois, com um olhar de pavor, ela escondeu a carta no seio. Mal acabara de fazê-lo quando a porta se abriu e um homem moço entrou bruscamente na sala. Era Archie Mason, seu marido – o homem que ela amara, o homem por quem sacrificara a fama, o homem que ela agora via como único empecilho a uma nova e fantástica aventura.

O americano era um homem de seus trinta anos, bem-barbeado, atlético, impecavelmente vestido num fato justo que lhe acentuava o físico perfeito. Ele parou na porta com os braços cruzados, fitando a esposa intensamente, com um rosto que teria parecido uma bela máscara de bronze, não fora aquele olhar vivaz. Ela ainda se apoiava no braço, mas seus olhos estavam presos aos dele. Havia algo de terrível naquele confronto silencioso. Cada qual interrogava o outro, e cada qual comunicava o pensamento de que a resposta esperada era vital. A pergunta dele talvez fosse: "O que foi que você fez?" Ela a seu turno era como se dissesse: "O que é que você sabe?" Finalmente ele se adiantou, sentou-se no divã ao lado dela e, tomando-lhe a orelha delicada entre os dedos, suavemente fez com que ela se voltasse para ele.

– Lucille – disse –, você está me envenenando?

Ela furtou-se ao contato com o horror na face e protestos nos lábios. Abalada demais para falar, sua surpresa e irritação manifestaram-se nas mãos agitadas e nas feições convulsas. Tentou levantar-se, mas ele a ferrou pelo pulso. Ele fez nova pergunta, esta mais ampla em sua tenebrosa implicação.

– Lucille, por que você está me envenenando?

– Você está louco, Archie! Louco! – ela arquejou.

A resposta dele gelou-lhe o sangue. Com os lábios exangues entreabertos e as faces lívidas, ela só pôde fitá-lo em mudo desamparo quando ele tirou do bolso um pequeno frasco e o ergueu no ar.

– Estava no seu porta-jóias! – gritou ele.

Duas vezes ela tentou falar e não pôde. Por fim as palavras lhe brotaram devagar, uma a uma, dos lábios contorcidos.

– Eu não cheguei a usá-lo.

Ele meteu a mão no bolso novamente e tirou uma folha de papel, que desdobrou e lhe pôs diante dos olhos.

– É um atestado do dr. Angus. Comprova a presença de doze grãos de antimônio. Também tenho o testemunho de Du Val, o farmacêutico que o vendeu.

O rosto dela estava horrível de ver-se. Não havia o que dizer. Só restava a ela quedar-se com aquele olhar fixo e desamparado como um animal bravio numa armadilha fatal.

– E então? – perguntou ele.

A única resposta foi um gesto de súplica e desalento.

– Por quê? – insistiu ele. – Quero saber por quê.

Enquanto falava, ele surpreendeu um canto da carta que ela escondera no peito. De um salto arrebatou-a. Com um grito de aflição, ela tentou recuperá-la, mas ele a manteve afastada com uma das mãos enquanto percorria a folha com os olhos.

– Campbell! – ofegou ele. – Então é o Campbell!

Ela recobrara o sangue-frio. Nada mais havia a esconder. Agora tinha o rosto duro e decidido. Os olhos eram mortíferos como punhais.

– Sim – disse –, é o Campbell.

– Santo Deus! Logo ele!

Levantou-se e pôs-se a caminhar rapidamente à volta da sala. Campbell, o homem mais nobre que já conhecera, um homem cuja vida fora um longo exemplo de coragem, de desprendimento, de todos os predicados que assinalam os eleitos. E também ele sucumbira àquela tentadora, e se deixara arrastar a um nível tão baixo que traíra, em intenção se não de fato, o homem cuja mão apertava como amigo. Era incrível – e no entanto ali estava aquela carta apaixonada, suplicante, implorando à sua esposa que fugisse e partilhasse o destino de um homem sem eira nem beira. Cada palavra da carta demonstrava que pelo menos não passara pela cabeça de Campbell a morte de Mason, o que teria removido todas as dificuldades. Aquela solução diabólica fora produto de um cérebro dissimulado e perverso, que ruminava traças naquela morada perfeita.

Mason era um homem num milhão, um filósofo, um pensador, um espírito aberto e sensível. Por um instante sua alma se deixara arrastar pela amargura. Naquele breve lapso ele poderia ter matado a esposa e Campbell e posto fim à própria vida com a serena consciência de um homem que cumpriu o seu dever. Mas, enquanto caminhava pela peça, reflexões mais brandas começaram a prevalecer. Como condenar Campbell? Conhecia o feitiço da mulher. Ela tinha em grau excepcional o poder de mostrar-se interessada por um homem, de insinuar-se no seu imo mais profundo, de invadir os recessos da sua consciência que eram por demais sagrados para o mundo, de parecer estimulá-lo no caminho da ambição e até no da virtude. Era onde se mostrava a diabólica solércia dos seus artifícios. Ele se lembrava do que acontecera no seu próprio caso. Ela era livre então – ou pelo menos era o que ele imaginava – e ele pudera desposá-la. Mas, supondo que não fosse? Supondo que fosse casada? Supondo que ela se tivesse apoderado de sua alma de modo semelhante? Ter-se-ia ele detido? Teria sido capaz de sacudir de si aquele anseio insatisfeito? Com todo o seu rigor puritano, ele era forçado a admitir que não. Por que então tanto rancor contra aquele amigo que tivera a desdita de ver-se colocado na mesma posição? Agora era pena e simpatia que lhe repassava a mente quando ele pensava em Campbell.

E ela? Ali estava ela estendida no divã, uma pobre borboleta machucada, seus sonhos desvanecidos, sua trama descoberta, seu futuro incerto e escabroso. Mesmo por ela, a envenenadora, seu coração amoleceu. Ele sabia um pouco da história dela. Sabia que fora desde o berço uma criança mimada, indomada, incontida, satisfazendo facilmente os seus caprichos a poder da sua beleza, da sua inteligência e da sua sedução. Jamais conhecera um contratempo. E agora alguém se atravessara em seu caminho, e ela loucamente, desalmadamente, tentara removê-lo. Mas, se ela desejara removê-lo, não era este um sinal de que ele se mostrara incompetente, de que não era o homem capaz de dar-lhe paz de espírito e contentar-lhe o coração? Ele era excessivamente austero e comedido para aquela natureza exuberante e volátil. Ele era do Norte, ela era do Sul. Durante um certo tempo tinham-se atraído mútua e intensamente em razão da lei dos opostos, mas uma união permanente era impossível. Ele devia ter visto isto – devia tê-lo compreendido. Ele, com seu cérebro superior, era o responsável pela situação. Seu coração se confrangia por ela como por uma criança em aflito desamparo. Por algum tempo ele andou pela sala em silêncio, os lábios apertados, os punhos cerrados a ponto de marcar as palmas com as unhas. Depois, num gesto súbito, sentou-se ao lado dela e tomou-lhe a mão inerte e fria nas suas. Um pensamento lhe martelava o cérebro. "Será nobreza ou fraqueza?" A pergunta lhe soava nos ouvidos, desenhava-se diante dos seus olhos, era quase como se se materializasse e ele a lesse em letras que o mundo inteiro também podia ver.

Foi uma luta terrível, mas ele venceu.

– Você deve escolher entre nós, minha querida – disse ele. – Se realmente está certa – *certa*, veja bem – de que Campbell pode fazê-la feliz como marido, eu não a impedirei.

– Divórcio! – gaguejou ela.

A mão dele fechou-se no vidrinho de veneno.

– Pode chamá-lo assim, se quiser.

Uma nova e estranha luz brilhou nos olhos dela enquanto olhava para ele. Ali estava um homem que ela não conhecia. O americano prático e severo desaparecera. Em seu lugar foi como se ela visse num relance um herói, um santo, um homem capaz de alçar-se a uma altura sobre-humana de virtude desinteressada. Com as duas mãos ela envolveu aquela que sustinha o frasco fatal.

– Archie – exclamou –, até isto você é capaz de perdoar-me!

Ele sorriu para ela.

– Afinal, você não passa de uma criança estouvada.

Ela estava estendendo os braços para ele quando houve uma batida à porta e a criada entrou, daquela forma estranhamente silenciosa com que tudo se movia naquela sala de pavor. Havia um cartão na salva. Ela atirou-lhe um olhar.

– Capitão Campbell! Não o receberei.

Mason saltou de pé.

– Ao contrário, ele é muito bem-vindo. Faça-o entrar imediatamente.

Alguns minutos mais tarde um jovem militar bronzeado pelo sol entrou na sala. Adiantou-se com um sorriso nas feições agradáveis, mas depois que a porta se fechou atrás dele, e os rostos que o defrontavam reassumiram suas expressões naturais, deteve-se irresoluto e olhou de um para outro.

– O que há? – perguntou.

Mason avançou e pousou-lhe a mão no ombro.

– Não lhe guardo rancor – disse.

– Rancor?

– Sim, eu sei de tudo. Provavelmente teria feito o mesmo se as posições fossem inversas.

Campbell recuou e lançou à dama um olhar indagador. Ela acenou com a cabeça e encolheu os lindos ombros. Mason sorriu.

– Não receie, não é uma armadilha para arrancar-lhe a confissão. Tivemos uma conversa franca sobre o assunto. Olhe, Jack, você sempre foi um apostador. Veja este frasco. Não importa como veio parar aqui. Se um de nós beber dele, o caso estará resolvido. – Mostrava-se exaltado, quase frenético. – Lucille, qual de nós dois?

Uma força estranha estivera em ação na sala do pavor. Havia ali um terceiro homem, embora das três personagens que enfrentavam a crise do drama de suas vidas nenhuma lhe desse tento. Desde quando ele estivera ali – quanto ouvira – ninguém saberia dizer. No canto mais distante do pequeno grupo, ele se mantinha encurvado junto à parede, uma figura sinistra, viperina, silenciosa e imóvel, a não ser por uma agitação nervosa da mão direita crispada. Estava escondido por uma caixa quadrada e por um pano preto propositalmente estendido em cima dela, e que lhe ocultava as feições. Atento, observando avidamente cada etapa do drama, via quase chegado o momento de intervir. Mas os três não lhe davam atenção. Embebidos no jogo de suas próprias emoções, tinham perdido de vista uma força maior que eles próprios – uma força que a qualquer momento poderia dominar a cena.

– Está disposto, Jack? – perguntou Mason.

O soldado fez que sim com a cabeça.

– Não! Pelo amor de Deus, não! – gritou a mulher.

Mason desarrolhou o frasco e, voltando-se para uma mesinha ao lado, fez surgir um baralho. O frasco e o baralho estavam um ao lado do outro.

– Não podemos impor-lhe a responsabilidade – disse ele. – Vamos, Jack. Melhor de três.

O capitão aproximou-se da mesa e estendeu a mão para as cartas fatais. A mulher, apoiada numa das mãos, esticou o pescoço para a frente, olhando com olhos fascinados.

Então, e só então, o raio desabou.

O estranho se indireitara, pálido e grave.

De inopino, os três sentiram-lhe a presença. Fitaram nele os olhos em muda expectação. Ele os olhou friamente, desgostoso, com um ar patronal.

– Que tal? – perguntaram todos juntos.

– Péssimo! – respondeu ele. – Péssimo! Vamos refilmar toda a cena amanhã de manhã.

## SÉRIE **L&PM** POCKET **PLUS**

*24 horas na vida de uma mulher* – Stefan Zweig
*Alves & Cia.* – Eça de Queiroz
*À paz perpétua* – Immanuel Kant
*As melhores histórias de Sherlock Holmes* – Arthur Conan Doyle
*Bartleby, o escriturário* – Herman Melville
*Cartas a um jovem poeta* – Rainer Maria Rilke
*Cartas portuguesas* – Mariana Alcoforado
*Cartas do Yage* – William Burroughs e Allen Ginsberg
*Continhos galantes* – Dalton Trevisan
*Dr. Negro e outras histórias de terror* – Arthur Conan Doyle
*Esboço para uma teoria das emoções* – Jean-Paul Sartre
*Juventude* – Joseph Conrad
*Libelo contra a arte moderna* – Salvador Dalí
*Liberdade, liberdade* – Millôr Fernandes e Flávio Rangel
*Mulher no escuro* – Dashiell Hammett
*No que acredito* – Bertrand Russell
*Noites brancas* – Fiódor Dostoiévski
*O casamento do céu e do inferno* – William Blake
*O coronel Chabert* seguido de *A mulher abandonada* – Balzac
*O diamante do tamanho do Ritz* – F. Scott Fitzgerald
*O gato por dentro* – William S. Burroughs
*O juiz e seu carrasco* – Friedrich Dürrenmatt
*O teatro do bem e do mal* – Eduardo Galeano
*O terceiro homem* – Graham Greene
*Poemas escolhidos* – Emily Dickinson
*Primeiro amor* – Ivan Turguêniev
*Senhor e servo e outras histórias* – Tolstói
*Sobre a brevidade da vida* – Sêneca
*Sobre a inspiração poética & Sobre a mentira* – Platão
*Sonetos para amar o amor* – Luís Vaz de Camões
*Trabalhos de amor perdidos* – William Shakespeare
*Tristessa* – Jack Kerouac
*Uma temporada no inferno* – Arthur Rimbaud
*Vathek* – William Beckford

# Coleção **L&PM** POCKET

1. **Catálogo geral da Coleção**
2. **Poesias** – Fernando Pessoa
3. **O livro dos sonetos** – org. Sergio Faraco
4. **Hamlet** – Shakespeare / trad. Millôr
5. **Isadora, frag. autobiográficos** – Isadora Duncan
6. **Histórias sicilianas** – G. Lampedusa
7. **O relato de Arthur Gordon Pym** – Edgar A. Poe
8. **A mulher mais linda da cidade** – Bukowski
9. **O fim de Montezuma** – Hernan Cortez
10. **A ninfomania** – D. T. Bienville
11. **As aventuras de Robinson Crusoé** – D. Defoe
12. **Histórias de amor** – A. Bioy Casares
13. **Armadilha mortal** – Roberto Arlt
14. **Contos de fantasmas** – Daniel Defoe
15. **Os pintores cubistas** – G. Apollinaire
16. **A morte de Ivan Ilitch** – L.Tolstói
17. **A desobediência civil** – D. H. Thoreau
18. **Liberdade, liberdade** – F. Rangel e M. Fernandes
19. **Cem sonetos de amor** – Pablo Neruda
20. **Mulheres** – Eduardo Galeano
21. **Cartas a Théo** – Van Gogh
22. **Don Juan** – Molière / Trad. Millôr Fernandes
24. **Horla** – Guy de Maupassant
25. **O caso de Charles Dexter Ward** – Lovecraft
26. **Vathek** – William Beckford
27. **Hai-Kais** – Millôr Fernandes
28. **Adeus, minha adorada** – Raymond Chandler
29. **Cartas portuguesas** – Mariana Alcoforado
30. **A mensageira das violetas** – Florbela Espanca
31. **Espumas flutuantes** – Castro Alves
32. **Dom Casmurro** – Machado de Assis
34. **Alves & Cia.** – Eça de Queiroz
35. **Uma temporada no inferno** – A. Rimbaud
36. **A corresp. de Fradique Mendes** – Eça de Queiroz
38. **Antologia poética** – Olavo Bilac
39. **O rei Lear** – Shakespeare
40. **Memórias póstumas de Brás Cubas** – M. de Assis
41. **Que loucura!** – Woody Allen
42. **O duelo** – Casanova
44. **Gentidades** – Darcy Ribeiro
45. **Mem. de um Sarg. de Milícias** – M. A. de Almeida
46. **Os escravos** – Castro Alves
47. **O desejo pego pelo rabo** – Pablo Picasso
48. **Os inimigos** – Máximo Gorki
49. **O colar de veludo** – Alexandre Dumas
50. **Livro dos bichos** – Vários
51. **Quincas Borba** – Machado de Assis
53. **O exército de um homem só** – Moacyr Scliar
54. **Frankenstein** – Mary Shelley
55. **Dom Segundo Sombra** – Ricardo Güiraldes
56. **De vagões e vagabundos** – Jack London
57. **O homem bicentenário** – Isaac Asimov
58. **A viuvinha** – José de Alencar
59. **Livro das cortesãs** – org. de Sergio Faraco
60. **Últimos poemas** – Pablo Neruda
61. **A moreninha** – Joaquim Manuel de Macedo
62. **Cinco minutos** – José de Alencar
63. **Saber envelhecer e a amizade** – Cícero
64. **Enquanto a noite não chega** – J. Guimarães
65. **Tufão** – Joseph Conrad
66. **Aurélia** – Gérard de Nerval
67. **I-Juca-Pirama** – Gonçalves Dias
68. **Fábulas** – Esopo
69. **Teresa Filósofa** – Anônimo do Séc. XVIII
70. **Avent. inéditas de Sherlock Holmes** – A. C. Doyle
71. **Quintana de bolso** – Mario Quintana
72. **Antes e depois** – Paul Gauguin
73. **A morte de Olivier Bécaille** – Émile Zola
74. **Iracema** – José de Alencar
75. **Iaiá Garcia** – Machado de Assis
76. **Utopia** – Tomás Morus
77. **Sonetos para amar o amor** – Camões
78. **Carmem** – Prosper Mérimée
79. **Senhora** – José de Alencar
80. **Hagar, o horrível 1** – Dik Browne
81. **O coração das trevas** – Joseph Conrad
82. **Um estudo em vermelho** – Arthur Conan Doyle
83. **Todos os sonetos** – Augusto dos Anjos
84. **A propriedade é um roubo** – P.-J. Proudhon
85. **Drácula** – Bram Stoker
86. **O marido complacente** – Sade
87. **De profundis** – Oscar Wilde
88. **Sem plumas** – Woody Allen
89. **Os bruzundangas** – Lima Barreto
90. **O cão dos Baskervilles** – Arthur Conan Doyle
91. **Paraísos artificiais** – Charles Baudelaire
92. **Cândido, ou o otimismo** – Voltaire
93. **Triste fim de Policarpo Quaresma** – Lima Barreto
94. **Amor de perdição** – Camilo Castelo Branco
95. **A megera domada** – Shakespeare / trad. Millôr
96. **O mulato** – Aluísio Azevedo
97. **O alienista** – Machado de Assis
98. **O livro dos sonhos** – Jack Kerouac
99. **Noite na taverna** – Álvares de Azevedo
100. **Aura** – Carlos Fuentes
102. **Contos gauchescos e Lendas do sul** – Simões Lopes Neto
103. **O cortiço** – Aluísio Azevedo
104. **Marília de Dirceu** – T. A. Gonzaga
105. **O Primo Basílio** – Eça de Queiroz
106. **O ateneu** – Raul Pompéia
107. **Um escândalo na Boêmia** – Arthur Conan Doyle
108. **Contos** – Machado de Assis
109. **200 Sonetos** – Luis Vaz de Camões
110. **O príncipe** – Maquiavel
111. **A escrava Isaura** – Bernardo Guimarães
112. **O solteirão nobre** – Conan Doyle
114. **Shakespeare de A a Z** – Shakespeare
115. **A relíquia** – Eça de Queiroz
117. **Livro do corpo** – Vários
118. **Lira dos 20 anos** – Álvares de Azevedo
119. **Esaú e Jacó** – Machado de Assis
120. **A barcarola** – Pablo Neruda
121. **Os conquistadores** – Júlio Verne
122. **Contos breves** – G. Apollinaire
123. **Taipi** – Herman Melville

124.**Livro dos desaforos** – org. de Sergio Faraco
125.**A mão e a luva** – Machado de Assis
126.**Doutor Miragem** – Moacyr Scliar
127.**O penitente** – Isaac B. Singer
128.**Diários da descoberta da América** – C.Colombo
129.**Édipo Rei** – Sófocles
130.**Romeu e Julieta** – Shakespeare
131.**Hollywood** – Charles Bukowski
132.**Billy the Kid** – Pat Garrett
133.**Cuca fundida** – Woody Allen
134.**O jogador** – Dostoiévski
135.**O livro da selva** – Rudyard Kipling
136.**O vale do terror** – Arthur Conan Doyle
137.**Dançar tango em Porto Alegre** – S. Faraco
138.**O gaúcho** – Carlos Reverbel
139.**A volta ao mundo em oitenta dias** – J. Verne
140.**O livro dos esnobes** – W. M. Thackeray
141.**Amor & morte em Poodle Springs** – Raymond Chandler & R. Parker
142.**As aventuras de David Balfour** – Stevenson
143.**Alice no país das maravilhas** – Lewis Carroll
144.**A ressurreição** – Machado de Assis
145.**Inimigos, uma história de amor** – I. Singer
146.**O Guarani** – José de Alencar
147.**A cidade e as serras** – Eça de Queiroz
148.**Eu e outras poesias** – Augusto dos Anjos
149.**A mulher de trinta anos** – Balzac
150.**Pomba enamorada** – Lygia F. Telles
151.**Contos fluminenses** – Machado de Assis
152.**Antes de Adão** – Jack London
153.**Intervalo amoroso** – A.Romano de Sant'Anna
154.**Memorial de Aires** – Machado de Assis
155.**Naufrágios e comentários** – Cabeza de Vaca
156.**Ubirajara** – José de Alencar
157.**Textos anarquistas** – Bakunin
159.**Amor de salvação** – Camilo Castelo Branco
160.**O gaúcho** – José de Alencar
161.**O livro das maravilhas** – Marco Polo
162.**Inocência** – Visconde de Taunay
163.**Helena** – Machado de Assis
164.**Uma estação de amor** – Horácio Quiroga
165.**Poesia reunida** – Martha Medeiros
166.**Memórias de Sherlock Holmes** – Conan Doyle
167.**A vida de Mozart** – Stendhal
168.**O primeiro terço** – Neal Cassady
169.**O mandarim** – Eça de Queiroz
170.**Um espinho de marfim** – Marina Colasanti
171.**A ilustre Casa de Ramires** – Eça de Queiroz
172.**Lucíola** – José de Alencar
173.**Antígona** – Sófocles – trad. Donaldo Schüler
174.**Otelo** – William Shakespeare
175.**Antologia** – Gregório de Matos
176.**A liberdade de imprensa** – Karl Marx
177.**Casa de pensão** – Aluísio Azevedo
178.**São Manuel Bueno, Mártir** – Unamuno
179.**Primaveras** – Casimiro de Abreu
180.**O noviço** – Martins Pena
181.**O sertanejo** – José de Alencar
182.**Eurico, o presbítero** – Alexandre Herculano
183.**O signo dos quatro** – Conan Doyle
184.**Sete anos no Tibet** – Heinrich Harrer
185.**Vagamundo** – Eduardo Galeano
186.**De repente acidentes** – Carl Solomon
187.**As minas de Salomão** – Rider Haggar
188.**Uivo** – Allen Ginsberg
189.**A ciclista solitária** – Conan Doyle
190.**Os seis bustos de Napoleão** – Conan Doyle
191.**Cortejo do divino** – Nelida Piñon
194.**Os crimes do amor** – Marquês de Sade
195.**Besame Mucho** – Mário Prata
196.**Tuareg** – Alberto Vázquez-Figueroa
197.**O longo adeus** – Raymond Chandler
199.**Notas de um velho safado** – C. Bukowski
200.**111 ais** – Dalton Trevisan
201.**O nariz** – Nicolai Gogol
202.**O capote** – Nicolai Gogol
203.**Macbeth** – William Shakespeare
204.**Heráclito** – Donaldo Schüler
205.**Você deve desistir, Osvaldo** – Cyro Martins
206.**Memórias de Garibaldi** – A. Dumas
207.**A arte da guerra** – Sun Tzu
208.**Fragmentos** – Caio Fernando Abreu
209.**Festa no castelo** – Moacyr Scliar
210.**O grande deflorador** – Dalton Trevisan
212.**Homem do princípio ao fim** – Millôr Fernandes
213.**Aline e seus dois namorados (1)** – A. Iturrusgarai
214.**A juba do leão** – Sir Arthur Conan Doyle
215.**Assassino metido a esperto** – R. Chandler
216.**Confissões de um comedor de ópio** – T.De Quincey
217.**Os sofrimentos do jovem Werther** – Goethe
218.**Fedra** – Racine / Trad. Millôr Fernandes
219.**O vampiro de Sussex** – Conan Doyle
220.**Sonho de uma noite de verão** – Shakespeare
221.**Dias e noites de amor e de guerra** – Galeano
222.**O Profeta** – Khalil Gibran
223.**Flávia, cabeça, tronco e membros** – M. Fernandes
224.**Guia da ópera** – Jeanne Suhamy
225.**Macário** – Álvares de Azevedo
226.**Etiqueta na prática** – Celia Ribeiro
227.**Manifesto do partido comunista** – Marx & Engels
228.**Poemas** – Millôr Fernandes
229.**Um inimigo do povo** – Henrik Ibsen
230.**O paraíso destruído** – Frei B. de las Casas
231.**O gato no escuro** – Josué Guimarães
232.**O mágico de Oz** – L. Frank Baum
233.**Armas no Cyrano's** – Raymond Chandler
234.**Max e os felinos** – Moacyr Scliar
235.**Nos céus de Paris** – Alcy Cheuiche
236.**Os bandoleiros** – Schiller
237.**A primeira coisa que eu botei na boca** – Deonísio da Silva
238.**As aventuras de Simbad, o marújo**
239.**O retrato de Dorian Gray** – Oscar Wilde
240.**A carteira de meu tio** – J. Manuel de Macedo
241.**A luneta mágica** – J. Manuel de Macedo
242.**A metamorfose** – Kafka
243.**A flecha de ouro** – Joseph Conrad
244.**A ilha do tesouro** – R. L. Stevenson
245.**Marx - Vida & Obra** – José A. Giannotti
246.**Gênesis**
247.**Unidos para sempre** – Ruth Rendell
248.**A arte de amar** – Ovídio
249.**O sono eterno** – Raymond Chandler
250.**Novas receitas do Anonymus Gourmet** – J.A.P.M

251.**A nova catacumba** – Arthur Conan Doyle
252.**Dr. Negro** – Arthur Conan Doyle
253.**Os voluntários** – Moacyr Scliar
254.**A bela adormecida** – Irmãos Grimm
255.**O príncipe sapo** – Irmãos Grimm
256.**Confissões** *e* **Memórias** – H. Heine
257.**Viva o Alegrete** – Sergio Faraco
258.**Vou estar esperando** – R. Chandler
259.**A senhora Beate e seu filho** – Schnitzler
260.**O ovo apunhalado** – Caio Fernando Abreu
261.**O ciclo das águas** – Moacyr Scliar
262.**Millôr Definitivo** – Millôr Fernandes
264.**Viagem ao centro da Terra** – Júlio Verne
265.**A dama do lago** – Raymond Chandler
266.**Caninos brancos** – Jack London
267.**O médico e o monstro** – R. L. Stevenson
268.**A tempestade** – William Shakespeare
269.**Assassinatos na rua Morgue** – E. Allan Poe
270.**99 corruíras nanicas** – Dalton Trevisan
271.**Broquéis** – Cruz e Sousa
272.**Mês de cães danados** – Moacyr Scliar
273.**Anarquistas – vol. 1 – A idéia** – G. Woodcock
274.**Anarquistas – vol. 2 – O movimento** – G. Woodcock
275.**Pai e filho, filho e pai** – Moacyr Scliar
276.**As aventuras de Tom Sawyer** – Mark Twain
277.**Muito barulho por nada** – W. Shakespeare
278.**Elogio da loucura** – Erasmo
279.**Autobiografia de Alice B. Toklas** – G. Stein
280.**O chamado da floresta** – J. London
281.**Uma agulha para o diabo** – Ruth Rendell
282.**Verdes vales do fim do mundo** – A. Bivar
283.**Ovelhas negras** – Caio Fernando Abreu
284.**O fantasma de Canterville** – O. Wilde
285.**Receitas de Yayá Ribeiro** – Celia Ribeiro
286.**A galinha degolada** – H. Quiroga
287.**O último adeus de Sherlock Holmes** – A. Conan Doyle
288.**A. Gourmet** *em* **Histórias de cama & mesa** – J. A. Pinheiro Machado
289.**Topless** – Martha Medeiros
290.**Mais receitas do Anonymus Gourmet** – J. A. Pinheiro Machado
291.**Origens do discurso democrático** – D. Schüler
292.**Humor politicamente incorreto** – Nani
293.**O teatro do bem e do mal** – E. Galeano
294.**Garibaldi & Manoela** – J. Guimarães
295.**10 dias que abalaram o mundo** – John Reed
296.**Numa fria** – Charles Bukowski
297.**Poesia de Florbela Espanca** vol. 1
298.**Poesia de Florbela Espanca** vol. 2
299.**Escreva certo** – E. Oliveira e M. E. Bernd
300.**O vermelho e o negro** – Stendhal
301.**Ecce homo** – Friedrich Nietzsche
302(7).**Comer bem, sem culpa** – Dr. Fernando Lucchese, A. Gourmet e Iotti
303.**O livro de Cesário Verde** – Cesário Verde
305.**100 receitas de macarrão** – S. Lancellotti
306.**160 receitas de molhos** – S. Lancellotti
307.**100 receitas light** – H. e Â. Tonetto
308.**100 receitas de sobremesas** – Celia Ribeiro
309.**Mais de 100 dicas de churrasco** – Leon Diziekaniak
310.**100 receitas de acompanhamentos** – C. Cabeda
311.**Honra ou vendetta** – S. Lancellotti
312.**A alma do homem sob o socialismo** – Oscar Wilde
313.**Tudo sobre Yôga** – Mestre De Rose
314.**Os varões assinalados** – Tabajara Ruas
315.**Édipo em Colono** – Sófocles
316.**Lisístrata** – Aristófanes / trad. Millôr
317.**Sonhos de Bunker Hill** – John Fante
318.**Os deuses de Raquel** – Moacyr Scliar
319.**O colosso de Marússia** – Henry Miller
320.**As eruditas** – Molière / trad. Millôr
321.**Radicci 1** – Iotti
322.**Os Sete contra Tebas** – Ésquilo
323.**Brasil Terra à vista** – Eduardo Bueno
324.**Radicci 2** – Iotti
325.**Júlio César** – William Shakespeare
326.**A carta de Pero Vaz de Caminha**
327.**Cozinha Clássica** – Sílvio Lancellotti
328.**Madame Bovary** – Gustave Flaubert
329.**Dicionário do viajante insólito** – M. Scliar
330.**O capitão saiu para o almoço...** – Bukowski
331.**A carta roubada** – Edgar Allan Poe
332.**É tarde para saber** – Josué Guimarães
333.**O livro de bolso da Astrologia** – Maggy Harrisonx e Mellina Li
334.**1933 foi um ano ruim** – John Fante
335.**100 receitas de arroz** – Aninha Comas
336.**Guia prático do Português correto – vol. 1** – Cláudio Moreno
337.**Bartleby, o escriturário** – H. Melville
338.**Enterrem meu coração na curva do rio** – Dee Brown
339.**Um conto de Natal** – Charles Dickens
340.**Cozinha sem segredos** – J. A. P. Machado
341.**A dama das Camélias** – A. Dumas Filho
342.**Alimentação saudável** – H. e Â. Tonetto
343.**Continhos galantes** – Dalton Trevisan
344.**A Divina Comédia** – Dante Alighieri
345.**A Dupla Sertanojo** – Santiago
346.**Cavalos do amanhecer** – Mario Arregui
347.**Biografia de Vincent van Gogh por sua cunhada** – Jo van Gogh-Bonger
348.**Radicci 3** – Iotti
349.**Nada de novo no front** – E. M. Remarque
350.**A hora dos assassinos** – Henry Miller
351.**Flush - Memórias de um cão** – Virginia Woolf
352.**A guerra no Bom Fim** – M. Scliar
353(1).**O caso Saint-Fiacre** – Simenon
354(2).**Morte na alta sociedade** – Simenon
355(3).**O cão amarelo** – Simenon
356(4).**Maigret e o homem do banco** – Simenon
357.**As uvas e o vento** – Pablo Neruda
358.**On the road** – Jack Kerouac
359.**O coração amarelo** – Pablo Neruda
360.**Livro das perguntas** – Pablo Neruda
361.**Noite de Reis** – William Shakespeare
362.**Manual de Ecologia** – vol.1 – J. Lutzenberger
363.**O mais longo dos dias** – Cornelius Ryan
364.**Foi bom prá você?** – Nani
365.**Crepusculário** – Pablo Neruda
366.**A comédia dos erros** – Shakespeare
367(5).**A primeira investigação de Maigret** – Simenon

368(6).**As férias de Maigret** – Simenon
369.**Mate-me por favor (vol.1)** – L. McNeil
370.**Mate-me por favor (vol.2)** – L. McNeil
371.**Carta ao pai** – Kafka
372.**Os vagabundos iluminados** – J. Kerouac
373(7).**O enforcado** – Simenon
374(8).**A fúria de Maigret** – Simenon
375.**Vargas, uma biografia política** – H. Silva
376.**Poesia reunida (vol.1)** – A. R. de Sant'Anna
377.**Poesia reunida (vol.2)** – A. R. de Sant'Anna
378.**Alice no país do espelho** – Lewis Carroll
379.**Residência na Terra 1** – Pablo Neruda
380.**Residência na Terra 2** – Pablo Neruda
381.**Terceira Residência** – Pablo Neruda
382.**O delírio amoroso** – Bocage
383.**Futebol ao sol e à sombra** – E. Galeano
384(9).**O porto das brumas** – Simenon
385(10).**Maigret e seu morto** – Simenon
386.**Radicci 4** – Iotti
387.**Boas maneiras & sucesso nos negócios** – Celia Ribeiro
388.**Uma história Farroupilha** – M. Scliar
389.**Na mesa ninguém envelhece** – J. A. P. Machado
390.**200 receitas inéditas do Anonymus Gourmet** – J. A. Pinheiro Machado
391.**Guia prático do Português correto – vol.2** – Cláudio Moreno
392.**Breviário das terras do Brasil** – Assis Brasil
393.**Cantos Cerimoniais** – Pablo Neruda
394.**Jardim de Inverno** – Pablo Neruda
395.**Antonio e Cleópatra** – William Shakespeare
396.**Tróia** – Cláudio Moreno
397.**Meu tio matou um cara** – Jorge Furtado
398.**O anatomista** – Federico Andahazi
399.**As viagens de Gulliver** – Jonathan Swift
400.**Dom Quixote** – (v. 1) – Miguel de Cervantes
401.**Dom Quixote** – (v. 2) – Miguel de Cervantes
402.**Sozinho no Pólo Norte** – Thomaz Brandolin
403.**Matadouro 5** – Kurt Vonnegut
404.**Delta de Vênus** – Anaïs Nin
405.**O melhor de Hagar 2** – Dik Browne
406.**É grave Doutor?** – Nani
407.**Orai pornô** – Nani
408(11).**Maigret em Nova York** – Simenon
409(12).**O assassino sem rosto** – Simenon
410(13).**O mistério das jóias roubadas** – Simenon
411.**A irmãzinha** – Raymond Chandler
412.**Três contos** – Gustave Flaubert
413.**De ratos e homens** – John Steinbeck
414.**Lazarilho de Tormes** – Anônimo do séc. XVI
415.**Triângulo das águas** – Caio Fernando Abreu
416.**100 receitas de carnes** – Sílvio Lancellotti
417.**Histórias de robôs:** vol. 1 – org. Isaac Asimov
418.**Histórias de robôs:** vol. 2 – org. Isaac Asimov
419.**Histórias de robôs:** vol. 3 – org. Isaac Asimov
420.**O país dos centauros** – Tabajara Ruas
421.**A república de Anita** – Tabajara Ruas
422.**A carga dos lanceiros** – Tabajara Ruas
423.**Um amigo de Kafka** – Isaac Singer
424.**As alegres matronas de Windsor** – Shakespeare
425.**Amor e exílio** – Isaac Bashevis Singer
426.**Use & abuse do seu signo** – Marília Fiorillo e Marylou Simonsen
427.**Pigmaleão** – Bernard Shaw
428.**As fenícias** – Eurípides
429.**Everest** – Thomaz Brandolin
430.**A arte de furtar** – Anônimo do séc. XVI
431.**Billy Bud** – Herman Melville
432.**A rosa separada** – Pablo Neruda
433.**Elegia** – Pablo Neruda
434.**A garota de Cassidy** – David Goodis
435.**Como fazer a guerra: máximas de Napoleão** – Balzac
436.**Poemas escolhidos** – Emily Dickinson
437.**Gracias por el fuego** – Mario Benedetti
438.**O sofá** – Crébillon Fils
439.**O "Martín Fierro"** – Jorge Luis Borges
440.**Trabalhos de amor perdidos** – W. Shakespeare
441.**O melhor de Hagar 3** – Dik Browne
442.**Os Maias (volume1)** – Eça de Queiroz
443.**Os Maias (volume2)** – Eça de Queiroz
444.**Anti-Justine** – Restif de La Bretonne
445.**Juventude** – Joseph Conrad
446.**Contos** – Eça de Queiroz
447.**Janela para a morte** – Raymond Chandler
448.**Um amor de Swann** – Marcel Proust
449.**À paz perpétua** – Immanuel Kant
450.**A conquista do México** – Hernan Cortez
451.**Defeitos escolhidos e 2000** – Pablo Neruda
452.**O casamento do céu e do inferno** – William Blake
453.**A primeira viagem ao redor do mundo** – Antonio Pigafetta
454(14).**Uma sombra na janela** – Simenon
455(15).**A noite da encruzilhada** – Simenon
456(16).**A velha senhora** – Simenon
457.**Sartre** – Annie Cohen-Solal
458.**Discurso do método** – René Descartes
459.**Garfield em grande forma (1)** – Jim Davis
460.**Garfield está de dieta** (2) – Jim Davis
461.**O livro das feras** – Patricia Highsmith
462.**Viajante solitário** – Jack Kerouac
463.**Auto da barca do inferno** – Gil Vicente
464.**O livro vermelho dos pensamentos de Millôr** – Millôr Fernandes
465.**O livro dos abraços** – Eduardo Galeano
466.**Voltaremos!** – José Antonio Pinheiro Machado
467.**Rango** – Edgar Vasques
468(8).**Dieta mediterrânea** – Dr. Fernando Lucchese e José Antonio Pinheiro Machado
469.**Radicci 5** – Iotti
470.**Pequenos pássaros** – Anaïs Nin
471.**Guia prático do Português correto – vol.3** – Cláudio Moreno
472.**Atire no pianista** – David Goodis
473.**Antologia Poética** – García Lorca
474.**Alexandre e César** – Plutarco
475.**Uma espiã na casa do amor** – Anaïs Nin
476.**A gorda do Tiki Bar** – Dalton Trevisan
477.**Garfield um gato de peso (3)** – Jim Davis
478.**Canibais** – David Coimbra
479.**A arte de escrever** – Arthur Schopenhauer
480.**Pinóquio** – Carlo Collodi
481.**Misto-quente** – Charles Bukowski
482.**A lua na sarjeta** – David Goodis
483.**O melhor do Recruta Zero (1)** – Mort Walker

484.**Aline: TPM – tensão pré-monstrual (2)** – Adão Iturrusgarai
485.**Sermões do Padre Antonio Vieira**
486.**Garfield numa boa (4)** – Jim Davis
487.**Mensagem** – Fernando Pessoa
488.**Vendeta** *seguido de* **A paz conjugal** – Balzac
489.**Poemas de Alberto Caeiro** – Fernando Pessoa
490.**Ferragus** – Honoré de Balzac
491.**A duquesa de Langeais** – Honoré de Balzac
492.**A menina dos olhos de ouro** – Honoré de Balzac
493.**O lírio do vale** – Honoré de Balzac
494(17).**A barcaça da morte** – Simenon
495(18).**As testemunhas rebeldes** – Simenon
496(19).**Um engano de Maigret** – Simenon
497(1).**A noite das bruxas** – Agatha Christie
498(2).**Um passe de mágica** – Agatha Christie
499(3).**Nêmesis** – Agatha Christie
500.**Esboço para uma teoria das emoções** – Sartre
501.**Renda básica de cidadania** – Eduardo Suplicy
502(1).**Pílulas para viver melhor** – Dr. Lucchese
503(2).**Pílulas para prolongar a juventude** – Dr. Lucchese
504(3).**Desembarcando o diabetes** – Dr. Lucchese
505(4).**Desembarcando o sedentarismo** – Dr. Fernando Lucchese e Cláudio Castro
506(5).**Desembarcando a hipertensão** – Dr. Lucchese
507(6).**Desembarcando o colesterol** – Dr. Fernando Lucchese e Fernanda Lucchese
508.**Estudos de mulher** – Balzac
509.**O terceiro tira** – Flann O'Brien
510.**100 receitas de aves e ovos** – J. A. P. Machado
511.**Garfield em toneladas de diversão** (5) – Jim Davis
512.**Trem-bala** – Martha Medeiros
513.**Os cães ladram** – Truman Capote
514.**O Kama Sutra de Vatsyayana**
515.**O crime do Padre Amaro** – Eça de Queiroz
516.**Odes de Ricardo Reis** – Fernando Pessoa
517.**O inverno da nossa desesperança** – Steinbeck
518.**Piratas do Tietê (1)** – Laerte
519.**Rê Bordosa: do começo ao fim** – Angeli
520.**O Harlem é escuro** – Chester Himes
521.**Café-da-manhã dos campeões** – Kurt Vonnegut
522.**Eugénie Grandet** – Balzac
523.**O último magnata** – F. Scott Fitzgerald
524.**Carol** – Patricia Highsmith
525.**100 receitas de patisseria** – Sílvio Lancellotti
526.**O fator humano** – Graham Greene
527.**Tristessa** – Jack Kerouac
528.**O diamante do tamanho do Ritz** – S. Fitzgerald
529.**As melhores histórias de Sherlock Holmes** – Arthur Conan Doyle
530.**Cartas a um jovem poeta** – Rilke
531(20).**Memórias de Maigret** – Simenon
532(4).**O misterioso sr. Quin** – Agatha Christie
533.**Os analectos** – Confúcio
534(21).**Maigret e os homens de bem** – Simenon
535(22).**O medo de Maigret** – Simenon
536.**Ascensão e queda de César Birotteau** – Balzac
537.**Sexta-feira negra** – David Goodis
538.**Ora bolas – O humor de Mario Quintana** – Juarez Fonseca
539.**Longe daqui aqui mesmo** – Antonio Bivar
540(5).**É fácil matar** – Agatha Christie
541.**O pai Goriot** – Balzac
542.**Brasil, um país do futuro** – Stefan Zweig
543.**O processo** – Kafka
544.**O melhor de Hagar 4** – Dik Browne
545(6).**Por que não pediram a Evans?** – Agatha Christie
546.**Fanny Hill** – John Cleland
547.**O gato por dentro** – William S. Burroughs
548.**Sobre a brevidade da vida** – Sêneca
549.**Geraldão (1)** – Glauco
550.**Piratas do Tietê (2)** – Laerte
551.**Pagando o pato** – Ciça
552.**Garfield de bom humor (6)** – Jim Davis
553.**Conhece o Mário?** vol.1 – Santiago
554.**Radicci 6** – Iotti
555.**Os subterrâneos** – Jack Kerouac
556(1).**Balzac** – François Taillandier
557(2).**Modigliani** – Christian Parisot
558(3).**Kafka** – Gérard-Georges Lemaire
559(4).**Júlio César** – Joël Schmidt
560.**Receitas da família** – J. A. Pinheiro Machado
561.**Boas maneiras à mesa** – Celia Ribeiro
562(9).**Filhos sadios, pais felizes** – R. Pagnoncelli
563(10).**Fatos & mitos** – Dr. Fernando Lucchese
564.**Ménage à trois** – Paula Taitelbaum
565.**Mulheres!** – David Coimbra
566.**Poemas de Álvaro de Campos** – Fernando Pessoa
567.**Medo e outras histórias** – Stefan Zweig
568.**Snoopy e sua turma (1)** – Schulz
569.**Piadas para sempre (1)** – Visconde da Casa Verde
570.**O alvo móvel** – Ross Macdonald
571.**O melhor do Recruta Zero (2)** – Mort Walker
572.**Um sonho americano** – Norman Mailer
573.**Os broncos também amam** – Angeli
574.**Crônica de um amor louco** – Bukowski
575(5).**Freud** – René Major e Chantal Talagrand
576(6).**Picasso** – Gilles Plazy
577(7).**Gandhi** – Christine Jordis
578.**A tumba** – H. P. Lovecraft
579.**O príncipe e o mendigo** – Mark Twain
580.**Garfield, um charme de gato (7)** – Jim Davis
581.**Ilusões perdidas** – Balzac
582.**Esplendores e misérias das cortesãs** – Balzac
583.**Walter Ego** – Angeli
584.**Striptiras (1)** – Laerte
585.**Fagundes: um puxa-saco de mão cheia** – Laerte
586.**Depois do último trem** – Josué Guimarães
587.**Ricardo III** – Shakespeare
588.**Dona Anja** – Josué Guimarães
589.**24 horas na vida de uma mulher** – Stefan Zweig
590.**O terceiro homem** – Graham Greene
591.**Mulher no escuro** – Dashiell Hammett
592.**No que acredito** – Bertrand Russell
593.**Odisséia (1): Telemaquia** – Homero
594.**O cavalo cego** – Josué Guimarães
595.**Henrique V** – Shakespeare
596.**Fabulário geral do delírio cotidiano** – Bukowski
597.**Tiros na noite 1: A mulher do bandido** – Dashiell Hammett
598.**Snoopy em Feliz Dia dos Namorados! (2)** – Schulz
599.**Mas não se matam cavalos?** – Horace McCoy
600.**Crime e castigo** – Dostoiévski

601(7).**Mistério no Caribe** – Agatha Christie
602.**Odisséia (2): Regresso** – Homero
603.**Piadas para sempre (2)** – Visconde da Casa Verde
604.**À sombra do vulcão** – Malcolm Lowry
605(8).**Kerouac** – Yves Buin
606.**E agora são cinzas** – Angeli
607.**As mil e uma noites** – Paulo Caruso
608.**Um assassino entre nós** – Ruth Rendell
609.**Crack-up** – F. Scott Fitzgerald
610.**Do amor** – Stendhal
611.**Cartas do Yage** – William Burroughs e Allen Ginsberg
612.**Striptiras (2)** – Laerte
613.**Henry & June** – Anaïs Nin
614.**A piscina mortal** – Ross Macdonald
615.**Geraldão (2)** – Glauco
616.**Tempo de delicadeza** – A. R. de Sant'Anna
617.**Tiros na noite 2: Medo de tiro** – Dashiell Hammett
618.**Snoopy em Assim é a vida, Charlie Brown! (3)** – Schulz
619.**1954 – Um tiro no coração** – Hélio Silva
620.**Sobre a inspiração poética (Íon)** e ... – Platão
621.**Garfield e seus amigos (8)** – Jim Davis
622.**Odisséia (3): Ítaca** – Homero
623.**A louca matança** – Chester Himes
624.**Factótum** – Charles Bukowski
625.**Guerra e Paz: volume 1** – Tolstói
626.**Guerra e Paz: volume 2** – Tolstói
627.**Guerra e Paz: volume 3** – Tolstói
628.**Guerra e Paz: volume 4** – Tolstói
629(9).**Shakespeare** – Claude Mourthé
630.**Bem está o que bem acaba** – Shakespeare
631.**O contrato social** – Rousseau
632.**Geração Beat** – Jack Kerouac
633.**Snoopy: É Natal! (4)** – Charles Schulz
634(8).**Testemunha da acusação** – Agatha Christie
635.**Um elefante no caos** – Millôr Fernandes
636.**Guia de leitura (100 autores que você precisa ler)** – Organização de Léa Masina
637.**Pistoleiros também mandam flores** – David Coimbra
638.**O prazer das palavras** – vol. 1 – Cláudio Moreno
639.**O prazer das palavras** – vol. 2 – Cláudio Moreno
640.**Novíssimo testamento: com Deus e o diabo, a dupla da criação** – Iotti
641.**Literatura Brasileira: modos de usar** – Luís Augusto Fischer
642.**Dicionário de Porto-Alegrês** – Luís A. Fischer
643.**Clô Dias & Noites** – Sérgio Jockymann
644.**Memorial de Isla Negra** – Pablo Neruda
645.**Um homem extraordinário e outras histórias** – Tchékhov
646.**Ana sem terra** – Alcy Cheuiche
647.**Adultérios** – Woody Allen
648.**Para sempre ou nunca mais** – R. Chandler
649.**Nosso homem em Havana** – Graham Greene
650.**Dicionário Caldas Aulete de Bolso**
651.**Snoopy: Posso fazer uma pergunta, professora? (5)** – Charles Schulz
652(10).**Luís XVI** – Bernard Vincent
653.**O mercador de Veneza** – Shakespeare
654.**Cancioneiro** – Fernando Pessoa
655.**Non-Stop** – Martha Medeiros
656.**Carpinteiros, levantem bem alto a cumeeira & Seymour, uma apresentação** – J.D.Salinger
657.**Ensaios céticos** – Bertrand Russell
658.**O melhor de Hagar 5** – Dik e Chris Browne
659.**Primeiro amor** – Ivan Turguêniev
660.**A trégua** – Mario Benedetti
661.**Um parque de diversões da cabeça** – Lawrence Ferlinghetti
662.**Aprendendo a viver** – Sêneca
663.**Garfield, um gato em apuros (9)** – Jim Davis
664.**Dilbert 1** – Scott Adams
665.**Dicionário de dificuldades** – Domingos Paschoal Cegalla
666.**A imaginação** – Jean-Paul Sartre
667.**O ladrão e os cães** – Naguib Mahfuz
668.**Gramática do português contemporâneo** – Celso Cunha
669.**A volta do parafuso** *seguido de* **Daisy Miller** – Henry James
670.**Notas do subsolo** – Dostoiévski
671.**Abobrinhas da Brasilônia** – Glauco
672.**Geraldão (3)** – Glauco
673.**Piadas para sempre (3)** – Visconde da Casa Verde
674.**Duas viagens ao Brasil** – Hans Staden
675.**Bandeira de bolso** – Manuel Bandeira
676.**A arte da guerra** – Maquiavel
677.**Além do bem e do mal** – Nietzsche
678.**O coronel Chabert** *seguido de* **A mulher abandonada** – Balzac
679.**O sorriso de marfim** – Ross Macdonald
680.**100 receitas de pescados** – Sílvio Lancellotti
681.**O juiz e seu carrasco** – Friedrich Dürrenmat
682.**Noites brancas** – Dostoiévski
683.**Quadras ao gosto popular** – Fernando Pesso
684.**Romanceiro da Inconfidência** – Cecíli Meireles
685.**Kaos** – Millôr Fernandes
686.**A pele de onagro** – Balzac
687.**As ligações perigosas** – Choderlos de Laclos
688.**Dicionário de matemática** – Luiz Fernande Cardoso
689.**Os Lusíadas** – Luís Vaz de Camões
690(11).**Átila** – Éric Deschodt
691.**Um jeito tranqüilo de matar** – Chester Hime
692.**A felicidade conjugal** *seguido de* **O diabo** – Tolst
693.**Viagem de um naturalista ao redor do mundo** vol. 1 – Charles Darwin
694.**Viagem de um naturalista ao redor do mundo** vol. 2 – Charles Darwin
695.**Memórias da casa dos mortos** – Dostoiévski
696.**A Celestina** – Fernando de Rojas
697.**Snoopy: Como você é azarado, Charlie Brow (6)** – Charles Schulz
698.**Dez (quase) amores** – Claudia Tajes
699(9).**Poirot sempre espera** – Agatha Christie
700.**Cecília de bolso** – Cecília Meireles
701.**Apologia de Sócrates** *precedido de* **Êutifro** *seguido de* **Críton** – Platão
702.**Wood & Stock** – Angeli
703.**Striptiras (3)** – Laerte

704.**Discurso sobre a origem e os fundamentos da desigualdade entre os homens** – Rousseau
705.**Os duelistas** – Joseph Conrad
706.**Dilbert (2)** – Scott Adams
707.**Viver e escrever** (vol. 1) – Edla van Steen
708.**Viver e escrever** (vol. 2) – Edla van Steen
709.**Viver e escrever** (vol. 3) – Edla van Steen
710(10).**A teia da aranha** – Agatha Christie
711.**O banquete** – Platão
712.**Os belos e malditos** – F. Scott Fitzgerald
713.**Libelo contra a arte moderna** – Salvador Dalí
714.**Akropolis** – Valerio Massimo Manfredi
715.**Devoradores de mortos** – Michael Crichton
716.**Sob o sol da Toscana** – Frances Mayes
717.**Batom na cueca** – Nani
718.**Vida dura** – Claudia Tajes
719.**Carne trêmula** – Ruth Rendell
720.**Cris, a fera** – David Coimbra
721.**O anticristo** – Nietzsche
722.**Como um romance** – Daniel Pennac
723.**Emboscada no Forte Bragg** – Tom Wolfe
724.**Assédio sexual** – Michael Crichton
725.**O espírito do Zen** – Alan W.Watts
726.**Um bonde chamado desejo** – Tennessee Williams
727.**Como gostais** *seguido de* **Conto de inverno** – Shakespeare
728.**Tratado sobre a tolerância** – Voltaire
729.**Snoopy: Doces ou travessuras? (7)** – Charles Schulz
730.**Cardápios do Anonymus Gourmet** – J.A. Pinheiro Machado
731.**100 receitas com lata** – J.A. Pinheiro Machado
732.**Conhece o Mário?** vol.2 – Santiago
733.**Dilbert (3)** – Scott Adams
734.**História de um louco amor** *seguido de* **Passado amor** – Horacio Quiroga
735(11).**Sexo: muito prazer** – Laura Meyer da Silva
736(12).**Para entender o adolescente** – Dr. Ronald Pagnoncelli
737(13).**Desembarcando a tristeza** – Dr. Fernando Lucchese
738.**Poirot e o mistério da arca espanhola & outras histórias** – Agatha Christie
739.**A última legião** – Valerio Massimo Manfredi
740.**As virgens suicidas** – Jeffrey Eugenides
741.**Sol nascente** – Michael Crichton
742.**Duzentos ladrões** – Dalton Trevisan
743.**Os devaneios do caminhante solitário** – Rousseau
744.**Garfield, o rei da preguiça (10)** – Jim Davis
745.**Os magnatas** – Charles R. Morris
746.**Pulp** – Charles Bukowski
747.**Enquanto agonizo** – William Faulkner
748.**Aline: viciada em sexo (3)** – Adão Iturrusgarai
749.**A dama do cachorrinho** – Anton Tchékhov
750.**Tito Andrônico** – Shakespeare
751.**Antologia poética** – Anna Akhmátova
752.**O melhor de Hagar 6** – Dik e Chris Browne
753(12).**Michelangelo** – Nadine Sautel
754.**Dilbert (4)** – Scott Adams
755.**O jardim das cerejeiras** *seguido de* **Tio Vânia** – Tchékhov
756.**Geração Beat** – Claudio Willer
757.**Santos Dumont** – Alcy Cheuiche
758.**Budismo** – Claude B. Levenson
759.**Cleópatra** – Christian-Georges Schwentzel
760. **Revolução Francesa** – Frédéric Bluche, Stéphane Rials e Jean Tulard
761.**A crise de 1929** – Bernard Gazier
762.**Sigmund Freud** – Edson Sousa e Paulo Endo
763.**Império Romano** – Patrick Le Roux
764.**Cruzadas** – Cécile Morrisson
765.**O mistério do Trem Azul** – Agatha Christie
766.**Os escrúpulos de Maigret** – Simenon
767.**Maigret se diverte** – Simenon
768.**Senso comum** – Thomas Paine
769.**O parque dos dinossauros** – Michael Crichton
770.**Trilogia da paixão** – Goethe
771.**A simples arte de matar** (vol.1) – R. Chandler
772.**A simples arte de matar** (vol.2) – R. Chandler
773.**Snoopy: No mundo da lua! (8)** – Charles Schulz
774.**Os Quatro Grandes** – Agatha Christie
775.**Um brinde de cianureto** – Agatha Christie
776.**Súplicas atendidas** – Truman Capote
777.**Ainda restam aveleiras** – Simenon
778.**Maigret e o ladrão preguiçoso** – Simenon
779.**A viúva imortal** – Millôr Fernandes
780.**Cabala** – Roland Goetschel
781.**Capitalismo** – Claude Jessua
782.**Mitologia grega** – Pierre Grimal
783.**Economia: 100 palavras-chave** – Jean-Paul Betbèze
784.**Marxismo** – Henri Lefebvre
785.**Punição para a inocência** – Agatha Christie
786.**A extravagância do morto** – Agatha Christie
787(13).**Cézanne** – Bernard Fauconnier
788.**A identidade Bourne** – Robert Ludlum
789.**Da tranquilidade da alma** – Sêneca
790.**Um artista da fome** *seguido de* **Na colônia penal e outras histórias** – Kafka
791.**Histórias de fantasmas** – Charles Dickens
792.**A louca de Maigret** – Simenon
793.**O amigo de infância de Maigret** – Simenon
794.**O revólver de Maigret** – Simenon
795.**A fuga do sr. Monde** – Simenon
796.**O Uraguai** – Basílio da Gama
797.**A mão misteriosa** – Agatha Christie
798.**Testemunha ocular do crime** – Agatha Christie
799.**Crepúsculo dos ídolos** – Friedrich Nietzsche
800.**Maigret e o negociante de vinhos** – Simemon
801.**Maigret e o mendigo** – Simenon
802.**O grande golpe** – Dashiell Hammett
803.**Humor barra pesada** – Nani
804.**Vinho** – Jean-François Gautier
805.**Egito Antigo** – Sophie Desplancques
806(14).**Baudelaire** – Jean-Baptiste Baronian
807.**Caminho da sabedoria, caminho da paz** – Dalai Lama e Felizitas von Schönborn
808.**Senhor e servo e outras histórias** – Tolstói
809.**Os cadernos de Malte Laurids Brigge** – Rilke
810.**Dilbert (5)** – Scott Adams
811.**Big Sur** – Jack Kerouac
812.**Seguindo a correnteza** – Agatha Christie
813.**O álibi** – Sandra Brown
814.**Montanha-russa** – Martha Medeiros
815.**Coisas da vida** – Martha Medeiros

816.**A cantada infalível** *seguido de* **A mulher do centroavante** – David Coimbra
817.**Maigret e os crimes do cais** – Simenon
818.**Sinal vermelho** – Simenon
819.**Snoopy: Pausa para a soneca (9)** – Charles Schulz
820.**De pernas pro ar** – Eduardo Galeano
821.**Tragédias gregas** – Pascal Thiercy
822.**Existencialismo** – Jacques Colette
823.**Nietzsche** – Jean Granier
824.**Amar ou depender?** – Walter Riso
825.**Darmapada: A doutrina budista em versos**
826.**J'Accuse...! – a verdade em marcha** – Zola
827.**Os crimes ABC** – Agatha Christie
828.**Um gato entre os pombos** – Agatha Christie
829.**Maigret e o sumiço do sr. Charles** – Simenon
830.**Maigret e a morte do jogador** – Simenon
831.**Dicionário de teatro** – Luiz Paulo Vasconcellos
832.**Cartas extraviadas** – Martha Medeiros
833.**A longa viagem de prazer** – J. J. Morosoli
834.**Receitas fáceis** – J. A. Pinheiro Machado
835.(14).**Mais fatos & mitos** – Dr. Fernando Lucchese
836.(15).**Boa viagem!** – Dr. Fernando Lucchese
837.**Aline: Finalmente nua!!!** (4) – Adão Iturrusgarai
838.**Mônica tem uma novidade!** – Mauricio de Sousa
839.**Cebolinha em apuros!** – Mauricio de Sousa
840.**Sócios no crime** – Agatha Christie
841.**Bocas do tempo** – Eduardo Galeano
842.**Orgulho e preconceito** – Jane Austen
843.**Impressionismo** – Dominique Lobstein
844.**Escrita chinesa** – Viviane Alleton
845.**Paris: uma história** – Yvan Combeau
846(15).**Van Gogh** – David Haziot
847.**Maigret e o corpo sem cabeça** – Simenon
848.**Portal do destino** – Agatha Christie
849.**O futuro de uma ilusão** – Freud
850.**O mal-estar na cultura** – Freud
851.**Maigret e o matador** – Simenon
852.**Maigret e o fantasma** – Simenon
853.**Um crime adormecido** – Agatha Christie
854.**Satori em Paris** – Jack Kerouac
855.**Medo e delírio em Las Vegas** – Hunter Thompson
856.**Um negócio fracassado e outros contos de humor** – Tchékhov
857.**Mônica está de férias!** – Mauricio de Sousa
858.**De quem é esse coelho?** – Mauricio de Sousa
859.**O burgomestre de Furnes** – Simenon
860.**O mistério Sittaford** – Agatha Christie
861.**Manhã transfigurada** – Luiz Antonio de Assis Brasil
862.**Alexandre, o Grande** – Pierre Briant
863.**Jesus** – Charles Perrot
864.**Islã** – Paul Balta
865.**Guerra da Secessão** – Farid Ameur
866.**Um rio que vem da Grécia** – Cláudio Moreno
867.**Maigret e os colegas americanos** – Simenon
868.**Assassinato na casa do pastor** – Agatha Christie
869.**Manual do líder** – Napoleão Bonaparte
870.**Billie Holiday** – Sylvia Fol
871.**Bidu arrasando!** – Mauricio de Sousa
872.**Desventuras em família** – Mauricio de Sousa
873.**Liberty Bar** – Simenon
874.**E no final a morte** – Agatha Christie
875.**Guia prático do Português correto – vol. 4** – Cláudio Moreno
876.**Dilbert (6)** – Scott Adams
877.**Leonardo da Vinci** – Sophie Chauveau
878.**Bella Toscana** – Frances Mayes

IMPRESSÃO:

GRÁFICA EDITORA
Pallotti
IMAGEM DE QUALIDADE

*Santa Maria - RS - Fone/Fax: (55) 3220.4500*
**www.pallotti.com.br**